TERRES POUILLEUSES

TERRES POUILLEUSES

Catherine Messy

ISBN : 978-2-37011-672-7
Éditions Hélène Jacob – 13 Impasse Victor Gesta – 31200 Toulouse
Imprimé par Amazon KDP
13,90 €
Dépôt Légal Mars 2020

Image de couverture : peinture de Catherine Messy, collection « Scarface »

Aux femmes de ma famille

... l'amour de la terre nourricière, la terre dont nous tirons tout notre être, notre substance, notre vie, et où nous finissons par retourner.

La Terre, Émile Zola

Par un attrait qu'on ne peut définir, la terre natale nous appelle toujours à elle, et ne se laisse jamais oublier.

Fragments, Ovide

Nature, berce-le chaudement : il a froid.
Les parfums ne font pas frissonner sa narine ;
Il dort dans le soleil, la main sur sa poitrine,
Tranquille. Il a deux trous rouges au côté droit.

Arthur Rimbaud

Le vrai paysan meurt de nostalgie sous le harnais du soldat, loin du champ qui l'a vu naître.

La Mare au diable, George Sand

Prologue

Elle gare sa voiture devant la grille en fer forgé du petit cimetière de campagne où repose dorénavant sa mère. Le ciel est d'un blanc laiteux, le soleil de printemps est encore pâle, mais caressant. Elle éprouve un peu d'appréhension à l'idée de se retrouver face à la tombe. Elle n'a jamais aimé les cimetières.

Après avoir poussé le portillon, elle s'achemine lentement en direction de la dalle, un marbre gris moucheté de blanc, lisse au toucher, comme l'était la peau veloutée du visage maternel. Elle avait toujours apprécié de l'embrasser pour sentir sa douceur et son odeur naturellement parfumée.

Un an déjà que celle qu'elle a tant chérie est retournée à la terre de ses ancêtres. Cette Champagne crayeuse, appelée jadis « pouilleuse » en raison de l'une de ses plantes de friche, le pouillot ou serpolet. C'est ce que son père, lui-même originaire d'une autre contrée de la Champagne, lui a expliqué un jour. Elle est allée se renseigner sur Internet : *« Une terre caractérisée par le paysage de grands champs nus, étalés sur de basses collines, dont le sol crayeux humide fournit d'excellentes conditions à la culture des céréales, de la luzerne, voire de la betterave à sucre et de la pomme de terre. »*[1]

Mathilde se remémore être venue jadis dans la contrée et avoir rendu visite plusieurs fois, au cours de son enfance, à ces parents qui y vivaient, qu'elle connaissait mal et qui s'adressaient à elle en l'appelant « cousine ».

— Bonjour, mon oncle ! Comment vas-tu, ma tante ?

— Bonjour, Léonie ! Et toi, cousine ! En vacances chez tes grands-parents ?

Les souvenirs ressurgissent : les jeux en compagnie d'autres enfants à travers la grange où les ballots carrés de paille permettaient toutes sortes de

[1] *France, le trésor des régions.*

cachettes et de glissades, les randonnées dans les prés et les champs de céréales, la visite de l'étable et son odeur caractéristique de fourrage et d'excréments. Les vaches ! Les vaches et le moment de la traite ! Un incident lui est resté en mémoire : un jour qu'elle était allée dans l'enclos les chercher en compagnie de ses petites-cousines, on lui avait demandé de courir devant pour ouvrir la barrière. Mais elle n'avait pas réussi à actionner la clôture récalcitrante tandis que les bêtes arrivaient en nombre en la fixant du regard. Elle, petite citadine effarouchée, avait senti l'anxiété et la peur l'envahir face à ces bêtes inoffensives, qui faisaient cercle autour d'elle et laissaient parfois échapper un meuglement. Une peur sans doute perceptible, car ses cousines en avaient bien ri.

Il y avait aussi l'épicerie du village où elle allait avec tous ses compagnons de jeu s'acheter des confiseries…, et surtout la présence énigmatique d'une vieille dame que ses grands-parents l'emmenaient toujours saluer, « une sainte femme, d'une grande générosité, elle allait souvent avec ta maman déposer un cierge sur l'autel de la Vierge Marie. Elle souffre d'être dans cette condition, crois-moi ! Elle se demande chaque jour quand le bon Dieu va accepter de la rappeler à lui ! ». Elle entend encore la voix de sa grand-mère Léonie lui en faire le récit. Une histoire que sa mère corroborait, lorsqu'il lui prenait l'envie de parler de sa propre jeunesse.

Cette lointaine cousine, prénommée Florine, impressionnait Mathilde. Elle ne serait jamais allée la voir toute seule. La vieille femme, tout de noir vêtue, les recevait dans une pièce sombre. Elle était aveugle et paralysée, confinée dans son fauteuil. Un membre de la famille s'occupait quotidiennement de sa nourriture et des soins à lui donner. Mathilde la découvrait à chaque visite, assise devant une énorme cheminée dont l'âtre immense était noirci par la suie. Une odeur caractéristique de bois brûlé emplissait la pièce. Odeur qui est restée gravée dans sa mémoire depuis ce temps-là. L'image de cette cousine lui revient à l'esprit chaque fois qu'elle fait brûler des bûches dans sa propre cheminée.

Elle repense à ces femmes, mères, tantes, ou tout simplement parentes de ses lointaines petites-cousines. Elle les voyait souvent chaussées de leurs bottes de caoutchouc, vêtues de longues blouses pour se protéger des salissures, fermières d'autrefois qui ignoraient ce qu'étaient réellement le repos ou les vacances, pour lesquelles le mot répit n'existait pas.

Toute une famille maternelle dont elle s'était éloignée en suivant ses parents, partis s'installer à des centaines de kilomètres de cette région champenoise. Elle n'avait pas conscience, alors, du haut de ses 6 ans, de côtoyer ceux-là mêmes, ou leurs descendants, dont elle parlerait un jour dans un livre, des rescapés de la Grande Guerre, des témoins d'un autre temps, restés sur la terre de leurs aïeux.

Une contrée quittée par obligation, mais omniprésente dans les pensées de sa propre mère, qui, à son grand regret, n'y était pas née.

— J'en veux à ta grand-mère Léonie d'avoir tourné le dos à ses racines. La terre, il n'y a que ça de vrai ! Je ne comprends pas qu'elle ait pu renier ça ! C'est là-bas que je veux être inhumée. Tu ne peux pas imaginer comme j'y ai été heureuse ! C'est toute mon enfance !

Elle était obsédée par le passé. Elle s'y réfugiait en permanence, oubliant de vivre dans le présent. Ce présent que sa mémoire avait fini par faire disparaître par bribes au tout début, puis définitivement. Elle s'était perdue au milieu de ses souvenirs, et son esprit, noyé dans la nostalgie d'un temps à jamais révolu, avait lentement sombré pour ne laisser place qu'au néant.

Le marbre gris, constellé de minuscules taches noires et blanches, est adossé à celui des grands-parents maternels de Mathilde. Les fleurs ont été malmenées par le vent hivernal, dont les rafales impétueuses ont renversé les pots déposés à l'automne. Après avoir brossé et lessivé la pierre, réarrangé les bouquets et les vasques, jeté les fleurs fanées, elle se tient debout devant ce qui recouvre la dépouille de sa mère. Elle la revoit allongée lors de la mise en bière, le teint cireux. Elle ne peut pas l'imaginer desséchée sous des tombereaux de terre. Elle s'est simplement endormie, en attendant la venue de celui qu'elle a tant chéri : son mari. Une place lui est réservée.

Des tombes, certaines noircies par le temps qui passe, défilent sous ses yeux à mesure qu'elle fait le tour du cimetière.

Un nom attire son attention : DRUARD. Patronyme bien connu du village. Celui de l'arrière-arrière-grand-père Ernest.

Mathilde a si souvent entendu parler des membres de la famille, et notamment de ses femmes ! Elle a fréquemment regardé des photos datant du siècle dernier en compagnie de sa mère. Celle-ci en avait gardé tout un lot qu'elle ressortait de temps à autre pour se replonger dans une époque qu'elle avait toujours qualifiée d'heureuse. Celle où il faisait bon vivre, où l'on prenait le temps d'apprécier les moments importants de l'existence : beaucoup de photos de mariage, de communions, de baptêmes… Celles-là mêmes que Mathilde conserve à présent pieusement dans une petite boîte métallique, en souvenir de sa mère et de sa grand-mère. Une boîte qu'elle ouvre de temps à autre pour faire émerger les souvenirs maternels et ceux de sa propre jeunesse.

Mathilde a toujours senti en elle les effluves du passé.

Souvenirs d'enfance
Dans ma tête enfouis.
Ils forment une danse
Dans laquelle j'oublie
Le présent incertain
Des parents vieillissants,
Dont chaque lendemain
Est un rude combat.
Y retrouver l'odeur
Des bonheurs d'autrefois,
Celle d'une demeure
Où l'enfant s'émerveille
D'y voir des trésors
À nuls autres pareils.
Bijoux, belles breloques,
Chapeaux et vêtements,
Foulards, manchons et toques,
Plumes et parements,
Photos et magazines
Entourés d'un ruban,

Parfum de naphtaline
Des beaux habits d'antan…
Puis mon esprit se perd
À travers le jardin,
Ses fleurs éphémères,
Qui, d'un passé lointain,
Parfument mes pensées
Et font des souvenirs,
Un îlot de beauté
Et de sérénité.[2]

Tout est là, dans sa tête. Et les photos, que lui montrait régulièrement sa mère, entretenaient ses souvenirs et la nostalgie qui en découlait. Elle avait aimé l'entendre lui parler des femmes à jamais gravées dans son cœur. Au travers des descriptions qu'elle en faisait, Mathilde leur avait inventé une vie dans la campagne d'antan. Sa mère vibrait en les évoquant, insistant sur le fait que les choses auraient pu être autres si les circonstances avaient été différentes.

C'est en regardant ces photos qu'elle avait appris que son arrière-grand-mère, Louise, dont la mère de Mathilde avait hérité des traits, était morte jeune pendant la guerre de 1914-1918. Elle lui avait expliqué que, eût-elle vécu plus longtemps, Louise aurait été malheureuse avec son mari Léopold, trop faible de caractère.

Tout comme la mère de Louise, Honorine, arrière-arrière-grand-mère de Mathilde, s'était retrouvée plongée dans l'affliction et la détresse, loin du bonheur de ses premières années conjugales.

Deux femmes que le destin avait réduites au silence de façon violente.

Pour Mathilde, elles sont semblables à des héroïnes de roman. À partir de ce qu'elle sait, elle veut laisser place à l'imaginaire.

Elle se sent soudain l'envie de leur rendre la parole pour redonner vie aux récits de sa propre mère, et lui permettre de réentendre la voix maternelle à travers celles de ses aïeules, une voix qu'elle s'efforce de ne pas oublier, mais qui s'éloigne inexorablement de sa mémoire et va rejoindre celles qui, avant la sienne, se sont évanouies dans l'infini.

---

[2] *Évocations*, recueil du même auteur, EHJ, 2017.

– 1 –

Une très jolie jeune fille apparaît dans la cour de la ferme familiale en ce dimanche de l'année 1887. Honorine Rouvier vient tout juste d'avoir 18 ans. Elle songe à la rencontre qui va avoir lieu dans très peu de temps. Le père Druard, vêtu de son plus beau costume, est sur le point d'arriver en compagnie de son fils Ernest. Ils sont attendus pour le repas de midi.

Émile Druard est veuf. Sa femme est morte en couches des suites d'une hémorragie à la naissance d'Ernest, dernier-né de trois garçons. L'aîné, prématuré, n'a pas survécu plus de trois jours et se trouve enterré dans un coin du potager. Le cadet est décédé de convulsions au bout de cinq semaines. Il avait heureusement été baptisé, ce qui a rassuré les parents, convaincus qu'il a pu accéder directement au paradis. Une photo prise de lui, mort dans son petit berceau, a longtemps été mise en évidence sur le buffet de la pièce commune. Elle a fini par être rangée dans un tiroir.

Le père d'Ernest ne s'est pas remarié, ce qui lui aurait facilité la tâche pour tenir la maison et la ferme pendant qu'il était occupé dans les champs.

Il a préféré engager une domestique et un commis. La servante, Albertine, n'est pas insensible aux charmes de son maître, et il lui arrive souvent de partager sa couche. Chacun sait quoi attendre de l'autre et cela fonctionne à merveille entre eux. Mieux vaut ça plutôt que de rester seul. Ils se répartissent les tâches hommes-femmes. Mais il va y avoir du changement : Albertine a dernièrement expliqué au père d'Ernest qu'elle désirait retourner auprès de sa fille Monique, « maintenant qu'une belle-fille va faire son entrée à la ferme ! ». Monique est à présent maman de trois enfants, et l'aide de sa propre mère serait grandement appréciée. Émile Druard la verra partir à regret, il s'est attaché à elle.

Mais il comprend et respecte son souhait.

Honorine a remisé ses habits de travail pour revêtir sa plus jolie tenue. Sur sa chemise de corps et son jupon blancs, elle a choisi de porter un caraco ivoire pour agrémenter une jupe noire, cousue et brodée de ses mains.

Elle aime dessiner les patrons de ses vêtements sur de vieux draps, ou récupérer d'anciens habits et les transformer. Elle ne dispose pas de beaucoup de matériel, mais elle coupe puis crayonne ses nouvelles broderies dès qu'elle a un petit moment de liberté. Le travail de la ferme ne lui en laisse pas beaucoup. Il lui est plus facile d'assouvir sa passion l'hiver, lors des veillées à la lueur des bougies. Ses doigts de fée font l'admiration de ses parents. Elle a un réel engouement pour l'esquisse, les contrastes entre les ombres et les lumières.

— C'est notre artiste ! aime claironner son père. On se demande de qui elle tient ! Sans doute de sa mère !

Maryse Rouvier, assise à côté de son mari, Léonce, éclate de rire.

— Alors, c'est un talent bien caché chez moi, parce qu'avec le travail quotidien, je ne vois pas quand j'aurais le temps d'accomplir ce que fait notre fille ! Elle est encore jeune, elle verra ce que c'est que d'être sur le pont très tôt ! Pour l'instant, ce n'est pas elle qui se lève dès que le coq chante ! Ceci dit, elle nous a toujours donné un coup de main. La besogne ne lui fait pas peur, croyez-moi !

C'est ainsi qu'Honorine a trouvé le temps de broder une jupe qu'elle arbore aujourd'hui. Celle-ci laisse entrevoir des bottines noires boutonnées sur le devant. Elles sont encore belles, malgré quelques traces d'usure à peine visibles sur les côtés. Elle a choisi de réunir ses cheveux châtain clair en chignon allongé sur la nuque.

Elle se sent jolie, et les regards qu'elle surprend chez Ernest ne font qu'attiser son envie d'être courtisée par ce jeune homme qu'elle a connu à l'école, qui a suivi les cours de catéchisme en même temps qu'elle, mais qu'elle a moins fréquenté en grandissant. Elle avait son amie Margot, et lui, son copain Étienne. Elle l'a croisé à nouveau lors des derniers comices agricoles.

C'était la fin de l'été, et cela se déroulait dans le chef-lieu du canton. Elle n'y était pas allée le samedi pour entendre les discours soporifiques des officiels. Elle avait préféré s'y rendre le dimanche avec ses parents.

Elle avait repéré Ernest au stand de tir.

— Alors, Ernest ! Champion de la carabine ?

— Tiens, tiens ! Honorine ! Ça fait longtemps qu'on s'aperçoit, de loin en loin, sans jamais vraiment se parler. En tout cas, j'espère être meilleur au tir qu'au concours de labours d'hier !

— Je n'étais pas là. Nous venons d'arriver. Maman veut essayer de vendre son miel. Elle s'est installée un peu plus haut. Il y a du monde. J'aurais dû venir avec mes confitures. Cette année, je me suis lancée dans la gelée de coings, et, ma foi, elle n'est pas mauvaise !

C'est ainsi qu'ils avaient renoué. Ils avaient ensemble regardé les dernières nouveautés en matière de matériel agricole, participé à une loterie, observé les enfants sur les manèges, serpenté entre les différents stands en attendant le clou de l'événement : le défilé de chars à travers les rues décorées, avec, sur l'un d'entre eux, la nouvelle reine des comices et ses deux demoiselles d'honneur.

Depuis, elle surprend souvent Ernest, auprès de son père, en train d'atteler les chevaux pour le travail aux champs. Elle est chargée de conduire les vaches au pré le matin et de les ramener le soir. Ernest lève les yeux à chaque passage. Son regard laisse des rêves plein la tête de la jeune fille, dont les parents, perspicaces, devinent très vite qu'elle est amoureuse. Elle est prompte à accomplir toutes sortes de besognes qui lui permettent de monter et redescendre la grand-rue.

Ernest a fait sa cour selon la tradition : la nuit du 1er mai, il a planté du charme fraîchement coupé devant la porte d'Honorine, qui l'a convié à boire le dimanche suivant. Ce qui amène aujourd'hui Ernest en compagnie de son père. Le promis a troqué ses sabots contre des brodequins, porte une veste noire sur sa chemise blanche, son gilet sans manches et sa culotte de velours noir. Un chapeau remplace sa casquette.

Les deux jeunes gens ont fait de gros efforts vestimentaires pour sceller leur union. Leurs parents sont en grande conversation.

Honorine et Ernest échangent des propos badins tandis que les regards se tournent vers eux par intermittence. Ernest est déjà venu en compagnie de son père pour faire sa demande, il y a de cela une quinzaine de jours. Mais aujourd'hui c'est *l'coup de chapiau*, le moment où les questions de dot et d'intérêt sont âprement discutées.

Les deux promis en arrivent à oublier que leur amour est certes nécessaire, mais négligeable aux yeux des adultes, qui tombent facilement d'accord : le mariage de leurs enfants permettra d'agrandir leurs domaines, de préserver un lignage et de transmettre un patrimoine. Le père Druard a bien conscience de la valeur marchande d'Honorine Rouvier : elle apporte une terre en dot. Il y aura l'union de deux jeunes gens, mais aussi l'alliance de deux familles qui ne perdent pas de vue leurs intérêts. L'amour seul ne suffit pas. Le mariage va assurer la descendance et pérenniser l'exploitation agricole. Il ne sera pas organisé uniquement pour eux, mais pour la postérité.

Les parents abordent très vite les conditions matérielles, à savoir le jour de la venue du notaire pour signer un contrat en bonne et due forme, avec l'énumération des biens apportés par chacune des parties. Oui, indéniablement, *le mariage est une longue conversation.*[3]

La date des noces est arrêtée avant la fin du repas : Honorine deviendra la femme d'Ernest Druard avant les moissons de l'an prochain.

— Pas question que le mariage ait lieu en mai ! s'exclame la mère d'Honorine, car tout le monde sait que *les mariages de mai ne fleurissent jamais* !

Les rires fusent. L'accord tombe sur le mois de juin. Les fiancés vont pouvoir montrer leur attachement au grand jour pendant plus d'un an. Ils pourront afficher leur tendresse réciproque en se tenant par la main.

Honorine aura tout le temps de parfaire son trousseau en achetant de nouvelles dentelles, des galons, des soies, et des rubans que le colporteur saura mettre en avant pour la tenter. Elle le confectionne depuis l'adolescence, avec l'aide de sa mère. Les pièces de tissu ont été cousues. Elle y met la touche finale en y brodant ses initiales.

---

[3] *La physiologie du mariage*, Honoré de Balzac, 1829.

L'ensemble ira garnir son armoire de chambre, un meuble en chêne hérité de sa grand-mère maternelle.

— En attendant, trinquons à cette union !

Personne ne se fait prier pour imiter le père d'Honorine au moment où il lève allègrement son verre. Chacun se réjouit de la noce en perspective.

– 2 –

Arrive le mois de juin 1888. Les festivités se déroulent à la ferme des Rouvier, où l'ambiance est fébrile depuis plusieurs jours. Tout est prêt pour l'accueil des invités qui se présentent dans la cour, les bras chargés de cadeaux. Des relations éloignées, tant par le lien de parenté que par la distance, ont tenu à être présentes à la noce, quitte à voyager pendant quarante-huit heures.

La grange a été soigneusement balayée et nettoyée pour l'occasion, et ses murs ont été ornés de draps blancs sur lesquels sont accrochés de multiples bouquets de fleurs des champs : coquelicots, boutons d'or, pâquerettes, bleuets…

— Je crois que le repas, qui avait été prévu initialement dans la cour, devra avoir lieu à l'intérieur de la grange ! s'écrie la mère d'Honorine. Il faut qu'on m'aide à la déménager !

— C'est marrant ! Vous lui avez donné une forme de fer à cheval ! fait remarquer une jeune fille venue aider à la cuisine.

— J'ai utilisé des tréteaux. C'est qu'on va être nombreux ! Mais on sera mieux ici. Le vent se met à vouloir s'inviter ! ajoute madame Rouvier en riant.

Un peu plus tôt, les *noceilleux,* en grande cérémonie, sont allés chercher la promise, en entonnant « Ouvrez-moi donc la porte, ma mie, si vous m'aimez ». Après quelques pourparlers, la porte a été ouverte, et le fiancé, venu quérir sa belle, a scellé d'un baiser sa *prise de possession.* Cette cérémonie accomplie, le cortège, conduit par un violoneux, s'est acheminé vers la mairie, puis, à présent, l'église. C'est une joyeuse procession qui défile jusqu'à l'édifice religieux, la mariée au bras de son père, suivie par les convives, qui arborent un ruban de soie blanche à une manche. Le marié, au côté de sa future belle-mère, ferme la marche.

Honorine est apparue devant Ernest dans une robe de coton blanc, dont le col garni de dentelle monte jusqu'au menton. Sa tenue a été exceptionnellement confectionnée par la couturière du village. Ses cheveux sont maintenus en chignon sous une coiffe fleurie du même ton que la robe, et ses mains, gantées de blanc, tiennent un petit bouquet de roses blanches. En voyant Ernest dans son costume de velours noir, celui que portait Émile Druard à son propre mariage, Honorine s'est dit que son bonheur était total.

Ils se sont unis en présence de leurs familles et amis. Margot est sa demoiselle d'honneur. Étienne est le garçon d'honneur d'Ernest. Quatre amis d'enfance réunis pour l'occasion. Le curé a rappelé aux jeunes époux qu'ils étaient unis pour le pire et le meilleur, et qu'une bonne épouse devait obéissance à son mari. Tout le monde a bien vérifié, lors de la remise des alliances, que l'époux avait introduit l'anneau jusqu'à la troisième phalange, s'il voulait acquérir la maîtrise du foyer ; car si Honorine avait plié le doigt, elle aurait, pour sûr, porté la culotte !

Un vent chaud et fougueux souffle en rafales, parvenant à arracher le bouquet des mains de la mariée à la sortie de l'église. Tous se lancent dans une course-poursuite pour empêcher les fleurs d'atterrir dans l'eau d'une fontaine située à proximité. Ils retrouvent le bouquet un peu plus loin sous un banc.

Margot, tout en riant, le brandit triomphalement en signe de victoire.

— Regardez ! Il n'est même pas sale !

— Tu seras donc la future épousée ! s'écrie Honorine en lui adressant un clin d'œil.

Vient le moment de la photo devant le café du village, lieu de rassemblement familial habituel lors de noces. Tous juchés sur des bancs disposés en gradins, les mariés, entourés de leurs parents proches assis sur des chaises, sur le devant. Les plus jeunes posent en haut, prompts à la moindre facétie. Le photographe est arrivé avec sa chambre pliante : un appareil à plaques, accompagné de ses objectifs et de son pied bien rangé dans sa sacoche.

— Est-ce qu'on a tout le monde ?

— Il manque le cousin de Bretagne ! Il est encore allé trousser des jupons ! s'esclaffe son frère.

— Tu ferais mieux de te taire ! J'étais simplement allé chercher d'autres chaises pour la grange ! T'aurais pu me donner un coup de main ! dit-il en se hissant auprès de son cadet.

— Bon ! Je crois qu'on peut y aller. Serrez-vous un peu ! Les plumes du chapeau au deuxième rang masquent le visage de celle qui est derrière.

— On va échanger nos places !

Le photographe parvient enfin à rassembler tout son monde, calme les plus excités et réussit à fixer ce moment inoubliable.

Le soleil éclaire cette récente union, et donne aux deux époux le sentiment qu'ils entament leur vie commune sous les meilleurs auspices. Mais peut-être n'ont-ils pas vu le groupe de nuages sombres, poussés par le vent, encore très loin dans le bleu du ciel, mais qui s'acheminent inexorablement dans leur direction ? Signe du destin ou pure coïncidence ? Ils ne le sauront jamais, car ils sont, pour l'instant, plongés dans l'immensité de leur bonheur tout neuf.

Alors commencent les rires, les chansons plus ou moins grivoises, les verres levés maintes fois pendant le repas qui s'éternise jusqu'aux premières lueurs de l'aube.

À Parthenay il y avait
Une tant belle fille
Ell' était jolie et l'savait ben,
Mais elle aimait qu'on l'lui dise,
Voyez-vous !
J'aime, lon la lon landerirette,
J'aime lon la lon landerira !
Ell' était jolie et l'savait ben,
Mais elle aimait qu'on l'lui dise
Un jour son galant vint la voir,
Un doux baiser il lui prit,
Voyez-vous !
J'aime, lon la lon landerirette,
J'aime lon la lon landerira !...

Les invités sont répartis en deux groupes : les vieux à droite, les jeunes à gauche, les nouveaux époux au centre. Un colis est offert à la mariée au milieu du repas : des petits oiseaux, symboles de vie, que la jeune épousée libère. Ce n'est que vers la fin du repas que la jarretière d'Honorine est enlevée par un garçon d'honneur qui a réussi à se glisser sous la table.

Les parents n'ont pas hésité à se montrer généreux pour que le repas des noces soit de grande qualité. Le vin coule pour accompagner les hors-d'œuvre : bouchées à la reine, brochet sauce câpres, poulet sauté, gigot rôti garni de flageolets, salades, bombe glacée, fruits, brioches, petits fours… Tout cela copieusement arrosé de champagne, café, liqueurs…

Les jeunes veulent s'élancer pour danser. Les musiciens participent eux aussi à l'allégresse générale. Certains convives ont bien du mal à se lever de leurs sièges. Ils sont venus pour faire bombance, boire du bon vin. « Hé, Dieu qu'c'est bon ! Il faut en profiter ! » Alourdis et enivrés, ils chancellent une fois debout, et se rassoient presque instantanément.

Les mariés ont tout de même, quoique fort tard, réussi à s'éclipser pour rejoindre un lieu tenu caché. La fête continue sans eux.

Le secret de leur abri nocturne est éventé au petit matin, avec l'irruption de plusieurs convives et leurs plaisanteries paillardes. Les deux jeunes gens ont le sentiment d'entamer une vie de couple qui a pour eux le goût de l'éternité.

– 3 –

Les nouveaux mariés résident juste en face du père d'Ernest, qui a trouvé à se loger de l'autre côté de la rue. Une demeure toute simple avec un petit potager. Amplement suffisant ! Il a cédé sa ferme à son fils. Albertine, sa domestique, est partie, non sans peine. Finalement, elle aurait bien épousé Émile Druard, mais il ne lui en a jamais fait la demande.

Il vivait sans doute trop dans le souvenir de sa défunte épouse. Joséphine était effectivement restée dans son esprit, mais il se remémorait surtout ses emportements et les critiques qu'elle lui adressait en permanence. Sa petite taille ne l'aurait pas empêchée de mener un bataillon. Elle faisait tourner la ferme, rien à redire à cela, mais il ne voulait plus se retrouver sous les ordres d'une femme. Il aspirait trop à sa liberté.

La relation qu'il entretenait avec Albertine lui allait bien comme ça.

Il s'est également séparé du commis, qui s'est fait embaucher dans une autre ferme.

La maison du jeune couple est une demeure aux murs gris dont les volets ont été repeints par Ernest lui-même. Ils y vivent depuis bientôt un an. Le père d'Ernest passe beaucoup de temps auprès d'eux. Les parents Rouvier résident dans une bâtisse de l'autre côté de la cour de ferme, presque en face de celle des enfants. Leur propre cour est attenante à celle des jeunes époux. Le travail était devenu trop lourd pour eux. Ils n'avaient plus l'énergie suffisante pour tout mener. Il était temps que leur fille se marie. Ils lui ont tout cédé. Comme ça, Ernest et Honorine entrent en possession des deux fermes et des terres familiales respectives. Quelques transformations ont permis de faire communiquer les deux endroits.

Quatre bâtiments entourent la vaste cour centrale : leur habitat, celui des parents Rouvier, qui, en contrepartie de la dot qu'ils ont apportée lors de l'union, sont logés et nourris à proximité des enfants, la grange, l'écurie et une cave au sous-sol où le four à pain accueille régulièrement les fournées de toute la famille. Sans oublier un petit coin étable pour deux vaches, ainsi qu'une porcherie.

Honorine s'est retrouvée grosse dès la nuit de noces. Nul besoin d'implorer un saint quelconque pour l'aider à la conception, ni de prier la Vierge, ni même de frotter son ventre sur les racines d'un vieux châtaignier comme cela se pratique dans d'autres contrées. La voilà rassurée sur sa capacité à faire des enfants. Elle a pu ainsi participer aux moissons qui ont suivi son mariage.

— Il a su y faire, le bougre ! s'est exclamé le père Druard, pas peu fier de son garçon.

— En espérant que ce sera un fils ! Et si ce n'est pas le cas, il faudra vite songer à nous en fabriquer un ! Vous m'avez l'air féconde, Honorine !

Elle n'a rien dit, juste esquissé un sourire. Elle en a entendu d'autres, à l'occasion des rassemblements d'hiver devant la cheminée de ses parents, lorsqu'elle était encore jeunette. Après quelques verres, les histoires allaient bon train et les grivoiseries fusaient.

Elle est à présent tout à la joie d'être maman, même si la grossesse l'a fatiguée. Il est certain qu'elle ne ménage pas sa peine pendant que son Ernest est aux champs. Sa journée est longue, de seize à dix-neuf heures.

Elle endosse le rôle de la femme au foyer, mais aussi celui de la paysanne assujettie aux tâches agricoles. Il faut qu'elle tienne la maison et qu'elle s'occupe également de la cour. Son homme est un lève-tôt, elle doit être sur pied un quart d'heure avant pour lui préparer son petit déjeuner, veiller à l'entretien du feu dans la grande cheminée, au-dessus de laquelle pend la charcuterie mise à sécher, prendre soin de son chien et des animaux de la ferme, laver les seaux, rentrer le bois, faire la vaisselle… C'est aussi à elle que reviennent la préparation des repas, la fabrication du pain, la corvée de l'eau et les travaux du potager.

Enceinte ou pas, le labeur reste le même. Alors, elle a évité de se plaindre quand elle a eu du mal à se mouvoir tellement son ventre était devenu lourd et encombrant, si lourd qu'elle avait parfois l'impression d'être sur le point de déposer son précieux fardeau d'un instant à l'autre. Il lui arrivait de souhaiter que cela se produise, que le bébé se décide à sortir pour que cessent ses maux de dos et ses sensations de lourdeur. Elle n'a pas ménagé sa peine, mais cela ne l'a pas empêchée de mener sa grossesse à son terme.

Elle a maintenant sa petite Louise, après un accouchement long et douloureux. Encouragée par la matrone venue l'aider à mettre son enfant au monde, et par sa mère, Maryse, Honorine a parfois eu le sentiment que son bébé ne se montrerait jamais. Elle se souvenait de l'histoire d'une lointaine parente dont l'enfant n'avait pas réussi à naître, et s'était mis en travers du thorax après avoir déchiré les organes du bas-ventre. Cela avait entraîné la mort de la mère et de son petit.

Aussi, quand on lui a montré son bébé, Honorine en a compté les doigts et les orteils. Une fois rassurée, elle s'est endormie en compagnie du nourrisson serré contre elle, qu'elle va allaiter pendant un an.

Ernest a confectionné un hochet en osier tressé dans lequel se trouvent des graines de maïs séché, et une poupée de chiffon bourrée de son, que la petite fille ne quitte plus. Les sons émis par ses jouets indiquent les périodes de réveil de la fillette, dont la croissance se déroule harmonieusement : ni teigne de lait ni convulsions, sans doute évitées grâce au collier d'ambre artificiel qu'Honorine lui a mis autour du cou. Elle couche dans un berceau en osier que lui a fabriqué son père. Selon une tradition de longue date, elle ne peut pas se mouvoir tellement elle est maintenue serrée dans ses langes, semblable à une petite momie.

Honorine a pris l'habitude d'emmener sa fille partout : quand elle prépare des fagots de bois, nourrit les poules ainsi que les lapins… Elle a gardé suffisamment d'espace pour aménager un poulailler et un clapier près de son jardin potager. Il y a aussi un coin réservé à la niche de Pilou, un chien de berger noir et blanc.

Honorine s'est sentie admirative devant les premiers pas de sa petite Louise. Puis, enchantée de la voir la rejoindre, tandis qu'elle est occupée à rassembler les oies. La fillette s'est mise à trottiner d'une façon de plus en plus assurée.

Honorine est fière et heureuse. Elle est devenue maman, et Ernest donne l'impression d'être toujours amoureux d'elle. Elle se dit qu'ils ont de la chance : sa terre et sa ferme apportées en dot ont bien sûr joué un rôle dans leur union, mais il y a aussi de l'amour entre eux. Et les ardeurs d'Ernest, quand il se met au lit à ses côtés malgré la fatigue du travail de la journée, en sont la démonstration. Elle le trouve beau et tendre. Il y a bien, depuis quelque temps, la façon dont il lui aboie après lorsqu'elle tarde à servir la soupe ou ne calme pas assez vite les pleurs de leur enfant, comme pendant la période des premières dents, où ni le bâtonnet de réglisse ni la racine de guimauve ne sont parvenus à calmer la douleur des gencives congestionnées. Mais, dans l'ensemble, « c'est un bon gars », comme dit la mère d'Honorine. « Sans doute, mais c'est un bon gars qui peut être irascible, et pas toujours facile à comprendre », a envie de lui rétorquer Honorine. Elle se contient, la paix familiale est sa priorité.

***

La petite Louise a vécu ses premières moissons emmaillotée dans son couffin, sous un arbre dont l'ombre la protégeait des ardeurs du soleil. D'autres enfants étaient chargés de veiller sur elle tandis que sa maman travaillait dans le champ tout proche.

À l'âge de seize mois, elle joue à quatre pattes au milieu des fétus de paille.

C'est en connaisseuse qu'elle aborde ces deuxièmes travaux d'été.

On a tenu compte de la lune pour ne pas manquer les quelques journées de beau temps nécessaires à la maturation du blé avant d'entreprendre quoi que ce soit. Les moissons sont sur le point de s'achever.

Le blé a été coupé à la faux de mi-juillet à début août. La récolte a été rassemblée et liée en gerbes par les femmes qui suivent les faucheurs, puis laissée à attendre dans les champs. Le blé a été séché sur place, rangé en bottes coniques, regroupées en faisceaux, prenant la forme d'une toiture de maison. Puis mis en meules, récupérées ensuite par les charrettes. La dernière arrive, portant son précieux chargement. Comme le veut la tradition, un bouquet a été posé à son sommet.

Le plus jeune des ouvriers s'adresse à la femme d'Ernest.

— Tenez, patronne ! C'est pour vous !

Honorine reçoit les fleurs avec grand plaisir, tout en ayant en tête les préparatifs de la fête qui va clore ce travail. La passée d'août est un moment de convivialité important.

***

La récolte est battue dans la cour de ferme quelques jours après avoir été rentrée. Elle a été dressée en un immense gerbier, haut comme une maison, surmonté d'une cape conique en paille avec les gerbes installées une à une, en pente vers l'extérieur, épis à l'intérieur, pour être ainsi mieux protégés de la pluie.

Une fois cela monté, on peut procéder à la mise en place de la batteuse. Car pour séparer le grain de la paille et le décortiquer, il n'est plus question d'utiliser le fléau et de battre les épis pour les faire éclater. Ce qui n'est pas pour déplaire.

— C'est tant mieux. Tu te souviens comment il fallait être nombreux pour frapper alternativement les céréales !

— Ah, ça oui ! Il fallait garder la même cadence pendant des heures !

La cour de ferme est très vaste et tout à fait adaptée pour y faire pénétrer la batteuse et l'y caler, accompagnée de sa locomobile, dont la chaudière a été allumée très tôt. Toutes deux ont été tractées par des bœufs, puis alignées de façon à poser la courroie qui relie les engins.

Ernest travaille avec son beau-père. Il sait qu'il a pris sa suite à la tête de l'exploitation. Honorine a entendu parler des disputes familiales au moment des successions entre générations : l'avarice des parents prêts à tout pour appauvrir leur progéniture, la cupidité des enfants décidés à oublier leurs géniteurs. Les uns ne peuvent se résoudre à se séparer de leurs biens, que les autres ne peuvent s'empêcher de convoiter. Jalousie, âpreté au gain… tous ces sentiments emplissent leurs cerveaux et nouent leurs gorges.

Rien de la sorte chez le père et la mère d'Honorine. Même s'ils ne perdent pas le sens de leurs intérêts.

⁂

Ce sont ses parents qui se chargent d'organiser la journée. Les deux familles ont leurs champs mitoyens, elles ont décidé de s'associer. La grange des Druard est plus vaste et pourra contenir la majeure partie de la récolte.

Honorine est debout depuis plusieurs heures. Tout le dispositif est en place.

Elle a donc rejoint les autres femmes présentes à la ferme de son beau-père, qui est à présent la sienne, pour s'activer à la cuisine. Il faut pouvoir nourrir tous ceux qui aident et leur apporter de quoi se désaltérer.

Une équipe d'une quinzaine de personnes est nécessaire, se répartissant entre les machinistes, les hommes au sommet de la meule, ceux qui défont les gerbes, ceux qui sont chargés de la paille dans la grange, et les plus costauds qui montent les sacs de grain posés sur une épaule en empruntant une échelle jusqu'au grenier. Il y a également ceux qui saisissent les rejets qui fourniront la litière des animaux.

Honorine peut apercevoir les gaillards chargés de la besogne.

L'un d'entre eux, occupé à récupérer avec une fourche ce qui est acheminé du gerbier, doit hurler pour se faire entendre par-dessus le bruit ambiant.

— Ça prend du temps parce que les nœuds des liens sont bougrement serrés. Ne t'impatiente pas ! Tiens !

Il passe ce qu'il possède à son collègue engreneur, l'un des deux spécialistes installés sur les côtés de la batteuse. Celui-ci a une tâche délicate : elle consiste à étaler ces gerbes ouvertes sur le tablier et à engager les épis à l'endroit où tournent les rouleaux, le tout méticuleusement et régulièrement pour ne pas risquer la panne ; prudemment, également, pour ne pas se faire arracher une main.

Les travailleurs les plus solides, dont son mari, sont derrière, là où parvient la paille.

— Il faut évacuer celle qui doit retrouver une place au grenier !

— Il y en aura aussi suffisamment pour la litière de l'écurie.

— C'est parfait ! Et le grain qui arrive tombe bien dans les sacs, dit le propriétaire du matériel.

Il se tient à l'opposé des engreneurs et surveille l'opération.

En dehors des ouvriers spécialisés dans la bonne marche de l'équipement, tous ceux présents, dont Ernest, sont des cultivateurs qui donnent de leur temps et de leur énergie à ce moment important de la saison. Ils s'entraident les uns les autres à tour de rôle.

Toute la journée va se dérouler dans le vacarme de la locomobile, celui des courroies qui claquent, ajouté à la vapeur et à la poussière…, jusqu'au coup de sifflet final. La cadence imposée et le bruit infernal laissent des hommes fatigués en dépit des pauses de quelques minutes toutes les heures, mais satisfaits du travail accompli, heureux de goûter au repas de fête préparé par les femmes.

Les machinistes boivent un verre, mangent un bout à la cuisine, mais ne s'attardent pas.

— Merci, mais on va vous fausser compagnie. Il faut qu'on aille dans un autre hameau. Y'en a qui attendent leur tour ! Il fait encore beau demain, il faut en profiter !

Le repas en commun se tient donc sans leur présence et se prolonge dans la soirée.

Ernest et Honorine sont heureux : la dure besogne du jour assure les revenus et la nourriture de toute la famille. Toute cette période de labeur dans les champs obtient sa juste récompense.

⁂

Le lendemain, Ernest monte au grenier pour voir son grain. D'un coup d'œil, il sait si la récolte a été bonne. Il le sent, le soupèse avec fierté.

Honorine a vu son père Léonce à l'œuvre. Ce n'est pas sa première moisson en compagnie d'Ernest. Elle est au courant de ce que son mari doit accomplir les jours suivants. Mais elle le laisse parler : c'est lui le chef de famille.

— Comme chaque fois, il va falloir que je vérifie que le grain sèche bien. Je dois le remuer régulièrement avec la pelle pour empêcher la récolte de moisir. Quand elle sera à point, je pourrai en remplir des sacs de jute et les porter à moudre au moulin !

Et en rapporter de la farine pour le pain de toute la maisonnée.

⁂

Quelques jours après, Honorine se sent un peu lasse, tandis qu'elle est occupée à prendre de l'eau au puits et qu'Ernest travaille dans la grange. Elle est enceinte pour la deuxième fois et ça ne se passe pas très bien. Elle n'en a pas encore parlé à son époux : il a assez à faire comme ça et elle veut être sûre d'elle avant de lui annoncer cette nouvelle grossesse. Mais elle décide de regagner la cuisine en urgence à la vue du sang qui s'écoule sous sa jupe.

— Tu es toute blanche, ma fille. Qu'est-ce qui ne va pas ?

— Je… je ne me sens… et…

Honorine s'effondre sur le carrelage. Sa mère, heureusement présente, quémande l'aide d'une voisine, et celle d'une femme de commis. Toutes trois la transportent immédiatement jusqu'au réduit situé tout près, où un lit sommaire a été installé à demeure. Des linges et des bassines d'eau chaude sont apportés, les femmes prononcent des mots de réconfort.

Honorine vient de faire une fausse couche.

Elle se met à pleurer.

— Là ! Là ! Sèche tes larmes, ma belle. Tu seras de nouveau enceinte, crois-en l'expérience de celles qui t'entourent.

Toutes opinent du chef et se veulent rassurantes.

— Moi, j'en ai eu trois autres après ma fausse couche !

— Et moi, deux gaillards, qui prennent soin de leur petite sœur !

L'avenir va leur donner raison.

– 4 –

Ernest n'a jamais vraiment eu d'explication à la fatigue d'Honorine. Des histoires de femmes, sans doute ! Il ne se fait pas trop de souci, il la sait robuste. Il l'avait constaté en l'épousant. Et sa mère l'avait assuré, elle avait vanté ses qualités de travailleuse. L'adage ne dit-il pas : le corps vaut la dot ? « Bien vrai ! On ne l'avait pas trompé sur la marchandise », songe-t-il en riant. Honorine s'est tout de suite remise à la besogne. Ça n'avait été qu'une indisposition passagère, comme les femmes en ont souvent, et aujourd'hui est un grand jour ! Son épouse vient de lui donner un fils ! Il va fêter l'arrivée de Théophile. Il a enfin un héritier mâle.

— La lignée des Druard est assurée ! Il me succédera sur le domaine.

La société dans laquelle vit Ernest est dominée par les hommes. Avoir un garçon est une nécessité. Théophile prendra la suite de ses parents. Tandis que Louise, en se mariant, quittera la maison natale pour rejoindre celle de sa belle-famille. Ernest n'a donc de cesse de fêter son p'tit gars pendant des jours avec ses amis. Honorine se confie à sa mère :

— Je sais que l'arrivée d'un fils est toujours souhaitée, mais j'éprouve un petit pincement en comparant la façon dont la naissance de Louise a été célébrée. Elle n'était qu'un galop d'essai. On attendait mieux…

Ce qui ne l'empêche pas de savourer la venue au monde de son deuxième enfant. Elle s'estime chanceuse, tout s'est déroulé facilement. Elle se dit qu'elle doit être faite pour avoir une famille nombreuse sans trop de difficultés.

⁂

À partir de ce moment-là, Honorine a encore moins de temps pour se distraire. Peut-être lors de la venue du colporteur, dont la carriole lui permet d'admirer de nouveaux tissus, soies et dentelles… ?

Une tentation dont il lui faudra se repentir à l'église. Mais elle a remisé le dessin. Elle a les enfants dont elle doit s'occuper, et les travaux de la ferme. Son goût pour l'esquisse attendra.

Les journées, les mois, les saisons s'enchaînent. La vie est rythmée par le travail aux champs. Aux périodes plus creuses de l'hiver succèdent celles du printemps, avec ses plantations, ou bien l'été avec son importante moisson, moment crucial de l'année.

Ernest est justement occupé à répandre les graines des blés à venir, comme les autres paysans alentour, appelés par la terre nourricière.

Et toujours, et du même pas, avec le même geste, il allait au Nord, il revenait au Midi, enveloppé dans la poussière vivante du grain (...) De toutes parts, on semait... Mais tous avaient le geste, l'envolée de la semence, que l'on devinait comme une onde de vie autour d'eux. La plaine en prenait un frisson...[4]

Ernest va rentrer heureux du travail accompli, mais fourbu. La terre façonne tout son être, comme si ce qu'il vient de semer était sur le point de croître en lui. Il a le sentiment diffus d'appartenir à la nature qui vit autour de lui, et à laquelle il retournera un jour. Il n'en a pas peur, même s'il espère que ce jour sera le plus tardif possible, tant il y a à faire. Il ne conçoit pas son existence autrement qu'avec ses deux pieds fermement posés au milieu de ses champs. C'est comme s'il sentait les semences tout juste lancées se répandre en lui pour prendre leur source dans son corps. Elles l'irriguent grâce à son sang qui les transporte, elles alimentent ses poumons, son cœur, son être tout entier. Il ne saurait expliquer ce qu'il ressent, mais cela constitue l'essence même de son existence.

Il vibre presque de sa fatigue physique, signe du dur labeur de la journée. Mais Honorine sera là pour lui donner son repas du soir et faire en sorte que les enfants se tiennent tranquilles.

C'est peut-être un bonheur un peu terne, loin de correspondre à l'idée que la jeune femme s'en faisait. Elle savait avant ses noces que l'épouse d'un paysan a peu de repos. Elle a très tôt été mise à contribution pour seconder de temps à autre sa mère à la ferme.

---

[4] *La Terre*, Émile Zola, 1887.

Elle avait pu observer ses traits tirés quand arrivait le soir, son pas lourd au moment du coucher. « Je n'ai cependant pas pu m'empêcher d'imaginer que les choses allaient être quelque peu différentes ! ». Peut-être l'aurait-elle deviné, si elle avait prêté plus d'attention à ce que certains pensent du mariage, bien éloigné de leurs espérances et cause de bon nombre de déceptions.

Mais si elle savait ce que le destin lui réserve, elle donnerait tout pour que cela dure ainsi encore des années.

– 5 –

« Bon Dieu ! Y n'en fait qu'à sa tête, celui-là ! »
Ernest est dans la grange, occupé à faire accepter le licol à son nouveau cheval de trait ardennais. Il a bu un peu plus que d'ordinaire. Honorine a remarqué sa récente habitude de se resservir du rouge plusieurs fois au cours des repas. Son humeur s'en ressent : il s'emporte aisément et ne cesse de jurer.

Elle a osé une fois lui suggérer de moins boire.

— Fiche-moi la paix ! J'ai mes raisons. Ça me fait du bien.

— Dis-moi ce qui te tourmente, je peux peut-être t'aider ?

Il s'est levé de table brutalement, a saisi sa casquette et a claqué la porte en sortant. Laissant derrière lui une famille médusée.

Honorine s'est demandé quelle pouvait être la cause de ses tracas. Y était-elle pour quelque chose ? Ils auraient pu en discuter. Sûrement trop de labeur au champ. Mais Ernest s'est mis à prendre ombrage de la moindre peccadille. Impossible d'aborder le sujet. La dernière réaction de son époux, à propos du vin, est venue mettre un terme à d'éventuelles tentatives de sa part.

À partir de ce jour-là, elle n'a plus tenté de le sonder, se sentant envahie par un sentiment d'impuissance. Quant aux enfants, ils ont su instinctivement éviter ce qui pouvait rendre leur père irascible.

L'animal doit flairer son énervement. Il n'a jamais porté de licol, aussi fait-il des embardées. Ernest se tient devant le cheval en essayant de le lui mettre comme on met une muselière à un chien. Le cheval veut fuir. Ernest est trop embrumé par l'alcool pour se rendre compte qu'il s'y prend mal, alors que cela ne lui pose habituellement aucun problème.

L'Ardennais à la robe bai, réputé pour sa douceur et sa docilité, riposte violemment à la façon dont Ernest vient de le fouetter en sacrant.

Il bouge beaucoup tandis que son maître le maintient relié à lui par une longe qu'il ne cesse de raccourcir. À force de faire des embardées, le cheval entraîne Ernest, qui finit par trébucher contre un sac en toile de jute rempli de cordages. Il s'affale à plat ventre, se relève avec fureur et se rue sur l'animal qu'il fouette encore plus méchamment.

La bête se dresse sur ses postérieurs en hennissant, et se met à battre l'air frénétiquement de ses deux antérieurs, en agitant ses larges pieds aux fanons abondants. Ernest n'est plus en état de comprendre pourquoi l'animal est aussi rétif. Il se trouve devant l'Ardennais au moment où celui-ci retombe lourdement au sol en heurtant au passage la tête d'Ernest qui s'est malencontreusement glissée sous les sabots. L'homme s'écroule, inconscient. Le cheval s'élève à nouveau et s'abat de tout son poids sur le crâne de son maître. Les sabots viennent écraser le visage du paysan.

⁂

Honorine ne voit pas revenir son époux.

— Louise ! Va chercher ton père pour le repas du soir ! Il se fait tard ! Il est parti en direction de la grange.

Elle aperçoit Louise qui en ressort en toute hâte, affolée et en pleurs.

— Maman ! Maman !

Ce ne sont pas des cris qu'elle entend, mais des hurlements. Honorine se précipite à son tour à l'endroit où Ernest vient de rendre l'âme. Son visage totalement méconnaissable n'est qu'une plaie béante, un amas de chair et d'os. Elle s'agenouille auprès de son mari en se tordant les mains.

— Mon Dieu ! Ernest ! Ernest ! Mais ce n'est pas possible ! Louise ! Cours chercher le docteur !

Le cheval se tient un peu plus loin, tranquillement occupé à manger des résidus de foin abandonnés sur le sol, le licol dans un angle et le fouet près du corps de son maître.

Une fois sur place, le médecin ne peut que constater le décès d'Ernest Druard, qui n'aura jamais su à quel point son épouse le chérissait.

Sa mort laisse une jeune femme désemparée. Les enfants, comme leur mère, ne sont qu'au tout début de leurs tourments.

– 6 –

Le ciel a pris la couleur du deuil. Il est bas et sombre, semblable au couvercle d'un tombeau, prêt à se refermer sur la vie d'Honorine. La voilà seule à assumer la maintenance de ses terres. Elle ne peut plus compter sur son beau-père, dont le cœur n'a pas résisté à la nouvelle de la mort de son fils. Ils ont été ensevelis côte à côte. Les villageois s'étaient déplacés en nombre pour les accompagner jusqu'au cimetière. Volets tirés, pendules arrêtées, le chien Loupi lui-même refusant de sortir de sa niche en signe de tristesse.

Mais Ernest, à la différence de son père, n'avait sûrement pas le sentiment d'avoir fait son temps ni l'intention de rejoindre si tôt une terre familière maintes fois retournée et ensemencée. Il savait n'être qu'un maillon de la chaîne des générations. Mais son heure sonnait trop tôt, l'obligeait à partir sans qu'il ait eu l'impression d'avoir accompli son devoir pour transmettre le fruit de son labeur. Non, Ernest avait encore beaucoup à faire avant de passer le relais.

Il abandonne tout entre les mains de son épouse, qui se retrouve seule pour affronter le quotidien.

Mort soudaine, aux répercussions dramatiques.

Elle ne peut guère s'appuyer sur ses parents. Ils se sont mariés tard. Sa mère avait, à son grand désespoir, fêté Sainte-Catherine. Elle avait grossi le rang de celles qui étaient délaissées par la gent masculine. Elle avait demandé l'aide de Catherine d'Alexandrie, la suppliant, au cours de ses prières, de ne pas la laisser finir *vieille fille*. Cela avait dû toucher la sainte, car, lors d'un bal de pays, où elle avait été contrainte de se rendre par ses parents pour avoir une chance de ne pas mourir célibataire, Léonce Rouvier l'avait invitée à danser. Âgé de 38 ans comme elle, il lui fallait trouver une épouse pour s'occuper de sa ferme.

Maryse lui avait dit oui tout de suite, quand il avait laissé entendre qu'il la prendrait bien pour femme. Neuf mois après les noces, Honorine venait au monde. Elle est à présent leur bâton de vieillesse.

Elle ne veut pas les perturber avec ses propres problèmes, eux qui doivent faire face à leurs ennuis de santé. Pourtant, elle aurait bien besoin d'une écoute, de bras rassurants entre lesquels elle pourrait se libérer de son chagrin. Honorine se sent abandonnée, avec un fardeau trop lourd sur ses épaules.

Elle en oublie presque ses enfants, que la mort de leur père affecte énormément. Il était exigeant, mais leur laisse quelques magnifiques souvenirs : les balades en forêt à la recherche de mousserons, les randonnées au bord d'un étang…

Ils ont en mémoire les soirées à la chandelle ou éclairées par une lampe à pétrole, avec le crépitement du feu qui chauffe la maison et entretient la cuisson de la soupe dans la marmite suspendue à la crémaillère de la cheminée. Leur mère est occupée à tricoter, broder, couper de la toile pour en faire des draps ou des chemises, ou confectionner un napperon en dentelle. Leur père leur apprend à tailler le bois pour en faire des personnages, tresser des couronnes à l'aide de brins de paille, faire de la vannerie pour réaliser des paniers, repérer les tiges bien droites des fagots procurés par les haies vives, afin d'alimenter le foyer, et en faire des manches de fourches.

Il savait aussi leur raconter des histoires. Comme celle qu'avait narrée un commis venu un été les aider, lui et son père. Le commis avait fait une dernière veillée en compagnie du père Druard et d'Ernest encore jeune. Il leur avait conté la découverte d'un trésor caché dans une cave.

Ernest, impressionné par la voix de l'homme et le récit lui-même, l'avait gardé en mémoire, et, une fois père de famille, il l'avait à son tour transmis à ses enfants.

Des enfants qui se rappellent la fête du village à laquelle ils se rendaient en famille, le 14 juillet.

— Regarde ! Le manège de chevaux de bois et les baraques des forains ! On va pouvoir acheter des friandises !

Les cris d'enthousiasme, les chants, la musique, les danses, tout provoquait leur excitation. Cette modeste fête leur paraissait impressionnante.

— Je prendrais bien du sucre d'orge !

— Moi, une pomme d'amour !

— Pour moi, ce sera une limonade !

Un moment de rêve pour tous. Les garçons se précipitaient au jeu de cible, tandis que Louise courait vers le stand des glaces.

Louise était la protégée de Théophile et son copain Léopold. Grand par la taille et l'âge, puisqu'il avait deux ans de plus que Théophile, Léopold se plaisait à parler de sa petite tribu.

Le cinéma nomade de la région était même venu une fois présenter un film de Georges Méliès.

Les hommes lorgnaient du côté de la buvette.

— Allez ! On va boire un coup !

Les pères se rassemblaient pour consommer et rire de concert. L'endroit où l'on pouvait se rafraîchir et inviter son épouse à danser affichait régulièrement complet. Il faut dire que la guinguette était de taille modeste, avec la présence de deux musiciens. Mais, aux yeux des enfants, tout prenait l'apparence d'une gigantesque fête au vacarme assourdissant, malgré l'absence de loterie, des stands de tir dont les détonations animaient les festivités des gros bourgs. C'était l'occasion de rassembler tous ces villageois que le travail quotidien accaparait, qu'ils soient fermiers, cultivateurs aux visages cuits par le soleil des champs, tisserands ou tonneliers..., de reprendre contact, le temps des réjouissances, avec d'anciens amis et de découvrir le dernier-né, la métamorphose des plus jeunes, de nouer des idylles...

— Vivement ce soir, qu'on participe à la retraite aux flambeaux ! s'exclame Léopold. Pas vrai, Théophile ?

— Il y aura aussi le feu d'artifice ! ajoute Louise.

Les enfants guettaient la nuit en ayant du mal à contenir leur excitation à mesure que l'obscurité progressait. Leur effervescence avait été déclenchée la veille par l'installation des stands. Ils attendaient à présent de pouvoir cheminer ensemble en tenant leurs lampions. Il n'y avait qu'à contempler la joie qui les submergeait quand la fête battait son plein. Ils gambadaient dans tous les sens.

Louise et Théophile, en compagnie de leur ami Léopold, avaient participé aux jeux supervisés par le garde-champêtre : la course en sac, la pêche à la ligne, la course aux œufs… Ernest encourageait ses enfants de la voix. Eux voulaient gagner pour qu'il les regarde avec fierté.

Ces mêmes enfants qui n'ont jamais compris pourquoi, à partir d'un certain moment, leur père s'était mis à boire plus qu'à son habitude, cherchant querelle à propos de tout, sous le regard triste et effaré de leur mère.

– 7 –

La silhouette noire et recroquevillée d'Honorine va peu à peu se redresser. Il lui faut le faire très vite pour ses enfants et pour la terre dont elle a hérité. Louise est âgée de 14 ans, Théophile aura bientôt 13 ans. Elle doit se battre pour eux et pour ses parents dont elle doit s'occuper. Ceux-ci doivent finir leur vie paisiblement, entourés d'affection et au milieu de leurs objets familiers. Mais elle se sent dépassée pour tout assumer.

Elle sait que Louise n'a pas très envie de poursuivre sa scolarité. Son institutrice aimerait la présenter au Certificat d'études primaires, elle pense qu'elle en a les capacités. Mais Louise ne supporte plus d'être assise à un pupitre alors que les saisons et leurs labeurs se déroulent sans qu'elle y participe. Honorine n'a aucun mal à la convaincre de rester à la ferme pour l'aider.

Théophile se retrouve donc seul à faire claquer ses galoches sur le sentier long de plusieurs kilomètres qui le mène à l'école, vêtu de son sarrau noir.

Ernest les a heureusement quittés après la moisson. Comme s'il avait voulu leur éviter ce travail supplémentaire. Il va y avoir le labourage d'automne pour pouvoir semer avant les premières gelées.

— En espérant que l'hiver ne sera pas trop rigoureux, ce qui nécessiterait de labourer à nouveau au printemps ! dit Honorine à ses parents. Je ne peux pas m'occuper de toutes les tâches agricoles. Il y aura la fenaison en juin et le ramassage de toute l'herbe fauchée qui nourrira les bêtes à la mauvaise saison. Non. Il me faut de l'aide. De façon urgente !

— Tu devrais prendre un commis, qui saura à son tour recruter la bonne main-d'œuvre ! lui conseille son père.

Le destin semble soudainement lui sourire.

— Bonjour, patronne. Je sais par d'autres que vous cherchez du personnel pour s'occuper de vos terres. Je suis votre homme. Je m'appelle Gervais Dumont, et la besogne ne me fait pas peur. Vous pouvez me faire confiance, tous ceux qui m'ont employé jusqu'ici ont été satisfaits de mon travail. Vous ne regretterez pas de me prendre à votre service ! J'étais à l'enterrement de votre mari et de son père. Le sort ne vous a pas ménagée, dites donc ! Il y avait du monde dans l'église. Vous ne m'avez pas remarqué. Moi, je vous ai vue. Vous n'êtes pas le genre de femme que l'on oublie facilement !

– 8 –

« Y'a pas à dire, il est plutôt bel homme, ton Gervais ! Avec sa fine moustache et ses yeux bleus ! T'as vu ses yeux ? Ne me dis pas que tu n'as pas remarqué, depuis deux ans que tu l'emploies, à quel point ils sont beaux ! Quand il te regarde, on dirait qu'il te dévore !

— Margot, tu exagères toujours. D'abord, ce n'est pas *mon* Gervais. Et à t'entendre, on croirait que je ne l'ai pris que pour son physique ! »

Il est vrai que ses traits ont joué un grand rôle dans son recrutement. Honorine est assez honnête pour se l'avouer. D'autres ouvriers agricoles avaient exactement les mêmes compétences que lui, mais elle a été sensible à son charme.

Honorine et Margot sont amies de longue date, séparées depuis que les parents de Margot sont allés s'installer au gros bourg après avoir vendu leur ferme. Un accident de charrue a estropié le père à tel point qu'il a dû abandonner ses terres la mort dans l'âme. Avec l'argent de la vente, il a pu se procurer un petit local qui lui sert d'atelier pour effectuer toutes sortes de menus travaux tels que rempaillage de chaises, réparation d'outils ou de vieux meubles…, tandis que Margot et sa mère cousent et repassent le linge des citadines. Margot a revu Honorine lors de l'enterrement d'Ernest et de son père. *Margot l'audacieuse*, comme elle se surnommait elle-même lorsqu'elle était plus jeune. Honorine a été contente de l'avoir près d'elle au cimetière. Elles ont pleuré dans les bras l'une de l'autre.

— Je n'y arriverai pas sans lui, Margot.

— Si, Honorine. Tu n'as pas d'autre choix que de rebondir. Pense aux enfants ! Ils comptent sur toi. Raccroche-toi à cette idée.

Margot a de magnifiques cheveux noirs et des yeux en amande qui brillent, comme habités de fièvre. Pour cela, Honorine l'a certainement un peu jalousée quand elles étaient plus jeunes.

Elle se souvient d'un échange avec Ernest. Ils viennent de s'aimer. Ils ignorent encore que cela aboutira à la naissance du petit Théophile, le garçon tant attendu. C'est devenu l'obsession d'Ernest. Elle a le sentiment que c'est beaucoup plus l'envie d'avoir un fils que le désir du corps de sa femme qui lui donne autant d'ardeur. Elle n'a jamais osé poser la question. Elle a peur d'entendre la réponse. Il l'aime, cherche aussi à prendre du bon temps, mais son but premier est la conception. Surtout celle d'un fils. Il obéit également aux ordres de la sainte Bible : l'Église voit en l'enfant un don de Dieu.

— Dis, Ernest ! Tu n'aurais pas préféré épouser Margot ?

Devant son air dubitatif, elle insiste.

— Tu te souviens de mon amie de classe, Margot ? Elle était ma demoiselle d'honneur ! Je l'ai toujours trouvée tellement belle ! Ne me fais pas croire que tu ne te souviens plus de son visage !

— Ne dis pas de bêtise ! Oui, je m'en souviens maintenant. C'est vrai qu'elle est plutôt jolie, mais c'est toi que j'ai prise pour femme.

Honorine se souvient avoir fugacement pensé à la façon dont sa dot avait pesé dans l'union. Mais elle s'est bien gardée de le mentionner.

⁂

Elle s'est perdue un instant dans le passé, mais la voix de Margot la fait sortir de ses réflexions.

— Mon père a prêté la charrette à son *bon à rien de gendre* ! Que j'ai déposé en chemin près d'un ruisseau pour pêcher. Il avait envie d'être un peu seul.

— Ils s'entendent toujours aussi bien, lui et ton père, à ce que je vois !

— Oh ! Je crois qu'ils aiment se quereller pour mieux se rabibocher autour d'une bonne bouteille ! Après avoir bien bu, ils sont les meilleurs amis du monde ! Ils se mettent alors à chanter, à s'embrasser…

Les deux jeunes femmes apprécient de se retrouver après toutes ces années.

— Au fait, est-ce que tu dessines toujours autant ? Tu avais essayé de faire mon portrait, tu te souviens ? C'était même assez approchant.

Oui, Honorine s'en souvient. C'était juste avant que son petit chiot ne soit retrouvé mort sur la margelle du puits. Une mort restée à jamais non élucidée. Son père en avait tout de suite rapporté un autre, qui est à présent enterré dans un coin du potager. C'est le fils de ce dernier qui occupe maintenant la niche. Honorine ne se séparerait pour rien au monde de son chien noir, Loupi.

— Comment veux-tu que je dessine avec ça ? Et même si je le voulais, je n'en aurais pas le temps. Quand arrive le soir, je suis trop fatiguée. Je serais incapable de tenir un crayon.

Margot regarde les mains qu'Honorine lui tend : elles sont rougies et entaillées par le travail rural quotidien.

Les souvenirs s'égrènent. Elles ont en mémoire le jour où elles ont renoncé à Satan, lors de leur communion solennelle. Elles étaient si fières de leurs tenues, si heureuses de l'importance qu'on leur accordait. Après la messe du matin, le repas imposant et la remise des cadeaux, elles s'étaient rendues à l'église, habillées telles des petites mariées, mains gantées, aumônière au poignet, tandis que les garçons arboraient à la manche gauche de leur veste un brassard blanc brodé, terminé par des franges.

Elles ont conservé de ce jour où, même leurs pères, pour la première fois depuis leur mariage, avaient accepté de pénétrer dans l'église, une image pieuse identique. Margot garde la sienne dans le tiroir de sa table de nuit. Celle d'Honorine est sous le globe en verre offert à son mariage ; un globe qui abrite sa couronne de fleurs d'oranger, à laquelle sont venus s'ajouter divers objets, témoignages des événements importants de sa vie de femme mariée : les premières dents de lait des enfants, une mèche de leurs cheveux…

— Tu te souviens du texte ?

Honorine a soulevé le globe pour en extraire l'image. Elles entonnent alors ensemble, leurs têtes rapprochées au-dessus de l'image qu'elles tiennent à deux, la lecture du texte :

— Résolutions. Je me rappellerai toujours qu'à l'époque de ma première communion, j'ai retrouvé la paix de la conscience ; que désormais je n'ai plus que Dieu à aimer et à servir, mon âme à sauver, le péché à fuir, la mort à craindre, le jugement à subir, l'enfer à éviter, le Ciel à obtenir pour toute l'éternité.[5]

Elles sont assises sur le rebord du lit et se tiennent par la main après avoir reposé l'image. L'émotion se devine dans leurs voix, puis dans le silence qui suit et les enveloppe, chargé de regrets, tristesse, nostalgie. De remords, peut-être…

Honorine espère que son Ernest a obtenu l'éternité, bien que n'ayant pas eu le temps de recevoir les derniers sacrements. Margot décide d'aider son amie à ne pas verser de larmes.

— Tu te souviens de nos pères respectifs, tassés au fond de la nef, sentant à la fois l'eau-de-vie et la visite à l'étable ?

— Oh, que oui !

— Ils avaient tellement peu fréquenté l'église depuis leurs noces, que, maintenant, j'en arrive à croire qu'ils ne savaient plus que c'était l'endroit où leurs unions avec leurs épouses avaient été bénies ! On sentait qu'ils étaient mal à l'aise et avaient hâte de sortir de l'édifice ! Ils avaient fait un bel effort pour leurs filles.

— Oui, pour sûr !

— Et nos copains de l'époque, Ernest et Étienne, qu'on avait un peu perdus de vue avec le temps, étaient deux charmants communiants ! Dire qu'ils sont devenus nos époux !

Éclats de rire communs.

— En tout cas, réfléchis à ce que je t'ai dit à propos de ton commis. Tu ne lui déplais pas.

— Mais comment veux-tu qu'on s'intéresse encore à moi ? Tu as vu à quoi je ressemble, à présent.

Margot constate effectivement les ravages du deuil et du travail accompli chaque jour sur son amie, âgée à ce jour de 34 ans. Le sommeil trop rare des derniers mois, les cheveux gris qui ont poussé de façon plus généreuse, les rides venues ourler son visage, les quelques taches brunes sur ses mains…

Malgré tout cela, elle la trouve encore séduisante.

---

[5] Image pieuse, 1901.

— Tu es seule, les enfants seraient peut-être rassurés de voir quelqu'un à demeure pour t'aider, et Ernest, paix à son âme, serait content de te voir protégée par un autre… Bon, il est temps que j'aille reprendre Étienne. Je dois te quitter. Dis donc, j'aperçois ton Gervais à l'entrée de la grange ! Tu me diras, hein ?

Honorine ne voit pas le regard appréciateur que Gervais jette sur Margot au moment où ils se croisent dans la cour.

– 9 –

Honorine se met, à partir de ce jour-là, à repenser à ce que lui a raconté Margot. Elle connaît son amie, toujours prompte à interpréter les gestes, les regards… Mais, il n'y a pas à dire, elle n'a pas tort : elle peut deviner la façon dont les yeux de Gervais se fixent sur elle. Et elle n'y est pas insensible. Ça écourte parfois ses nuits et perturbe son appétit.

Elle a pu deviner son torse à travers sa chemise blanche détrempée. Il venait de verser sur sa tête l'eau d'un seau plongé dans l'abreuvoir. Elle a perçu en elle des sensations qu'elle croyait disparues, même du temps d'Ernest. Il ne la touchait plus depuis qu'il avait un fils. Elle s'y était habituée.

Les enfants ont l'air de l'avoir adopté. Margot a raison. Je devrais peut-être me fixer, car ça serait mieux pour tout le monde. On serait de nouveau une famille et les enfants ont besoin d'autorité. Surtout Théophile, qui me tient presque rigueur de la mort de son père !

Elle est amenée un jour à demander à Gervais de l'aide au sujet du bois. Elle sait qu'il est dans la grange.

— Vous me cherchez, patronne ?

Il a jailli de l'échelle qui permet d'accéder aux sacs de grain. Honorine sursaute et recule de quelques pas. Il sent la sueur, celle de l'effort fourni pour déplacer des ballots de paille. Mais elle aime son odeur, une odeur bien à lui.

Ils se regardent un instant. Gervais la saisit soudain par la taille.

— Arrêtez, Gervais ! On pourrait nous voir et se faire des idées.

— Mais j'ai des idées plein la tête ! J'ai même des images très précises de ce que l'on pourrait faire tous les deux !

Il la serre davantage contre lui.

— On dirait que tu frissonnes ! Allons, la belle ! Je suis convaincu que t'en as autant envie que moi ! Y'a combien de temps que tu n'as pas retroussé ta jupe pour te donner du plaisir ?

Elle a conscience de se trouver devant quelqu'un auquel elle ne peut rien refuser. Elle essaie de se sortir de ses bras, mais sa lutte est timide. Plus elle fait mine de vouloir se libérer, plus il resserre son étreinte. Elle ne peut pas résister bien longtemps à ses avances. Ses hésitations sont vite balayées par l'assurance de celui qui redonne à nouveau des couleurs à son existence. Elle a l'impression de redevenir femme entre ses bras, désirable, belle. Il y a si longtemps qu'on n'a prêté attention, non à la travailleuse qu'elle est indéniablement, mais à l'amoureuse qui se dissimule derrière.

Elle se laisse entraîner derrière les sacs en toile de jute, qui, empilés, forment un rempart pour les abriter des regards inquisiteurs.

⁂

Louise a vu sa mère pénétrer dans la grange. Elle sait que Gervais s'y trouve. Elle se dirige discrètement jusqu'au lieu qui symbolise pour elle la fin de l'insouciance. Ce qu'elle entend sans voir lui suffit. Elle imagine les vêtements quittés à la hâte, discerne le bruit des objets déplacés, les soupirs de l'une et les gémissements de l'autre…

Elle reste là, comme aimantée par ce qui est en train de se dérouler. Elle voudrait crier « Arrête, maman ! Ne fais pas ça ! ».

Les mots demeurent bloqués dans sa gorge.

Elle sait qu'un ennemi est entré chez eux. Un ennemi dont elle redoute le charme.

– 10 –

La grange devient leur lieu de rendez-vous. Honorine et Gervais prennent goût à ces rencontres clandestines. Pendant plusieurs mois, Gervais profite des occasions où elle descend à la cave où se trouve le four à pain. Il attend que les premières miches apparaissent chaudes et dorées par la cuisson pour lui prouver à quel point elle l'inspire. Elle ne se plaint pas de son côté plutôt rude, même si elle apprécierait qu'il se révèle parfois plus tendre. Elle est prête à toutes les concessions, elle veut le garder.

— Je vais te pétrir comme tu pétris ta pâte ! Et te dévorer sur l'instant !

Ils pensent s'aimer en toute discrétion, alors que les enfants Druard sont au courant de leur liaison depuis le début.

Louise a tout raconté à son frère.

De leur côté, les parents d'Honorine ont tout de suite compris que Gervais et leur fille se voyaient régulièrement.

— On devrait être contents ! Honorine est plus épanouie, et le travail de Gervais donne satisfaction, ainsi que celui de ceux qu'il emploie au moment des gros travaux saisonniers. Mais ça ne m'enchante pas, dit le père d'Honorine.

— Oui ! ajoute son épouse. Il nous faut ramener notre fille à la raison, et se débarrasser de Gervais. Il a trop d'emprise sur elle.

Jusqu'à un matin de mai.

— J'en ai assez qu'on ne puisse pas partager le même lit. On ne peut pas continuer à faire ça à la sauvette ! Tes enfants savent très bien que nous nous aimons. Je suis sûr que ça doit les faire rigoler de nous voir jouer à cache-cache. Et qu'ils verraient d'un bon œil qu'on se marie.

C'est bien une demande en mariage qu'Honorine a entendue à l'instant. Oui ! Il vient de lui proposer qu'elle devienne sa femme.

Elle n'hésite pas une seconde. Elle est bien décidée à épouser Gervais Dumont. Rien ni personne ne l'en empêchera.

Margot a raison : il faut que je refasse ma vie.

Mais que connaît-elle du passé de Gervais ? Il n'y a jamais fait référence, ni à ses parents, frères et sœurs éventuels. Elle ignore tout de lui. Elle sait seulement qu'il a environ 30 ans. La différence d'âge ne semble pourtant pas le dissuader de vouloir convoler en justes noces.

Et comment peut-elle être sûre de l'assentiment des enfants ? Seront-ils heureux d'avoir un nouveau père ?

Des questions qu'elle se pose brièvement et qu'elle balaie aussi rapidement, tant elle se sent bien dans les bras de son amant.

Gervais a carrément vampirisé Honorine. Il l'a envoûtée comme il en a ensorcelé d'autres avant elle, et continuera de le faire une fois marié. Elle est une proie facile : il aime les femmes. Surtout celles qui ont des biens. Veuves, voilà qui est parfait. Il est libre depuis qu'il s'est lassé de celle du cordonnier d'un bourg situé en Bourgogne. Avec elle, aucun espoir de mariage. Ce n'était pas faute d'avoir essayé. Elle devenait par contre envahissante, à contrôler ses moindres faits et gestes. Il a rapidement pris la poudre d'escampette. Ses pas l'ont mené jusqu'au village de la famille Druard. Honorine se présente au bon moment. Il l'a bien observée, s'est discrètement renseigné.

Gervais est l'amant que le cœur d'Honorine appelle de toutes ses forces. Tout ça à cause de ses baisers ! Des mots murmurés à ses oreilles ! Si au moins elle sentait la perfidie de ses discours ! S'il ne la caressait pas au point de lui faire perdre la tête ! Si elle pouvait voir en lui l'homme à femmes qu'il est, prêt à la dépouiller et à la tromper sans vergogne. Elle ne comprend pas qu'elle n'est pour lui qu'un simple objet à posséder, dont il pourra se débarrasser dès qu'il en éprouvera l'envie. Aveuglée par ses sentiments pour lui, elle en oublie Louise et Théophile, qu'il sera capable de spolier.

De sorte qu'elle accepte de devenir son épouse.

Elle n'a pas demandé à Théophile s'il serait heureux d'avoir Gervais pour père.

Elle ne sait rien de la façon dont Louise, partagée entre rejet et attirance, craint la présence de cet homme.

Elle aurait peut-être dû s'interroger un peu plus longtemps.

– 11 –

Il va sans dire que Gervais est attirant. Il est athlétique, affiche un sourire enjôleur, possède un regard qui ébranle toutes ses défenses. Cela, ajouté aux mots qu'il sait trouver pour la troubler, donne au futur époux d'Honorine un charme auquel il est bien difficile de résister.

Louise et Théophile se sont laissé berner au départ. Gervais avait réussi à les amadouer. Il avait de l'humour et on ne riait plus beaucoup à la ferme. Mais ce que Louise a lu un jour dans le regard de Gervais, alors qu'elle étendait le linge, a révélé sa nature de prédateur. Depuis, elle s'en méfie, tout comme elle se méfie d'elle-même. Attirance et répulsion s'affrontent en elle depuis un bon moment.

Sa suspicion est partagée par Théophile. Il a percé l'opacité du nouveau commis très rapidement. Gervais l'avait interrogé sur la superficie de l'exploitation, ainsi que sur sa valeur marchande.

— En quoi est-ce que ça le regarde ? Ce qu'il guigne, ce sont les terres de notre père. J'en mets ma main à couper.

Théophile tient à défendre son rôle de chef de famille. Après tout, c'est lui l'homme de la maison, à présent. Et ce qu'il accomplit au quotidien le prouve. Le décès de son père l'a fait mûrir. Il veut et doit protéger les intérêts familiaux.

Les parents Rouvier font part à Honorine de leurs sentiments, mais elle ne les entend pas.

— Il en a après tes terres, ma fille ! Ton fils voit juste. Tu devrais l'écouter.

— Mais vous n'allez pas tous vous y mettre ! À croire que vous ne voulez pas que je sois heureuse !

Un jour où elle revient de la porcherie, Louise trouve sa mère occupée à préparer le repas de midi.

Elle décide d'aborder à nouveau le sujet pour tenter de la convaincre.

— On veut ton bonheur, maman. Mais grand-père a raison. Une fois que tu seras sa femme, Gervais prendra la tête de ton exploitation, et il te rejettera !

— Tu dis ça par jalousie !

— De quoi je devrais être jalouse ?

— Il ne s'est pas intéressé à toi ! Tu es pourtant plus jeune !

— Tu n'y vois plus clair ! Tu as pensé à papa ? Il doit se retourner dans sa tombe à l'idée que ses terres puissent passer entre les mains d'un étranger !

Honorine s'avance et vient gifler le visage de sa fille.

— J'en ai assez entendu.

Louise, cramoisie et en larmes, a déjà quitté la pièce et traversé la cour, folle de rage de voir sa mère se laisser ensorceler par un escroc.

C'est une furie qui débarque chez ses grands-parents.

— Mais comment fait-elle pour ne pas s'apercevoir que, ce qu'il cherche, c'est son intérêt personnel ? Une fois qu'ils seront mariés, elle sera sous son autorité. Nous n'aurons plus qu'à nous incliner.

***

Rien n'y fait.

Honorine devient madame Gervais Dumont par une froide journée d'octobre.

Margot, à l'origine de l'idée, et toujours sous *le charme du beau Gervais*, est venue pour la petite cérémonie voulue discrète par Honorine. Étienne n'apprécie pas le second mari de cette dernière. Sans doute par fidélité pour Ernest, mais surtout parce qu'il a eu l'occasion de voir Gervais au bourg.

— Non, il ne me plaît pas. Vas-y seule. Mais dis-toi qu'Honorine risque de le regretter un jour.

— Je crois que tu es tout bonnement jaloux !

Étienne a quitté la pièce dans un haussement d'épaules. Il a regardé Margot prendre la route.

Le repas de mariage est consommé dans une ambiance terne, ce qui n'empêche pas Gervais de donner le change en lacérant l'air de son rire tonitruant. S'il n'y avait pas Honorine et Margot, il serait le seul à s'amuser de ses bons mots.

Joie forcée exprimée sur les visages. Les enfants Druard et les parents d'Honorine assistent bien plus à un enterrement : celui de leur bonheur familial d'autrefois.

– 12 –

Il ne faut que quelques mois pour que les prédictions se concrétisent. Rendez-vous a été pris avec le notaire, qui est venu à la ferme pour leur faire signer leur contrat de mariage. Même s'il n'en est pas le propriétaire, de par son union avec Honorine, Gervais se retrouve à présent à la tête des terres Druard et Rouvier.

Les enfants sont surpris de voir un Gervais aimable et conciliant pendant les semaines qui suivent le mariage. Il manifeste notamment beaucoup de gentillesse à l'égard des parents d'Honorine. Peut-être ont-ils tort de ne le considérer que comme un type intéressé par les biens familiaux ? Louise pense qu'ils l'ont vraisemblablement jugé trop vite. Seul Théophile demeure méfiant. « Il cherche à nous amadouer, à nous endormir ! ».

Honorine est heureuse de constater que mari et enfants s'entendent. Elle se dit que le temps va tout arranger, qu'ils vont avoir une vie de famille normale.

— Tu vois que tu avais tort, Louise. Tu es rassurée à présent.

Les saisons s'enchaînent dans l'harmonie. Il y a du labeur, Gervais se montre toujours aussi travailleur. Honorine est amoureuse, et Gervais semble tenir à elle.

Mais le changement est en route. Il va se glisser lentement et sournoisement entre les murs de la ferme. Des questions posées à Gervais qui demeurent sans réponse, des soupirs d'insatisfaction, des mouvements d'impatience, des moqueries à l'égard des enfants qui, sous un ton badin, révèlent de la méchanceté, des emportements en raison d'un repas trop tardif ou mal préparé…

— On dirait que tu ne te rends pas compte du travail que j'accomplis au quotidien !

— Je sais, Gervais, mais la lessive m'a pris plus de temps qu'à l'ordinaire. Et le veau s'était sauvé, alors…

— Moi aussi, j'ai eu mon lot d'emmerdements !

Les échanges verbaux suivent toujours le même schéma : le ton de Gervais monte, tandis qu'Honorine finit par se taire et que les enfants assistent à la colère de leur beau-père sans oser s'en mêler.

Peu à peu, les levers de table deviennent plus bruyants, les portes se mettent à claquer, et les mots à cingler.

— Je devais avoir perdu la boule le jour où je t'ai demandée en mariage !

Arrive le moment où la bonne humeur feinte des premiers temps n'est plus de mise.

Théophile finit par se dire qu'il avait vu juste lorsqu'il entend une fois son beau-père marmonner « Il est urgent que je sorte de ce merdier ! ».

Pour lui, le naturel de Gervais est revenu au galop.

— Dis donc, Théophile ! T'as l'intention de les réparer quand, les barbelés du pré ? À ce train-là, les vaches se seront vite carapatées !

Théophile se rend compte que le ton de voix de Gervais n'est pas celui de la plaisanterie.

— Je ne suis pas ton domestique !

— Oui, mais c'est moi le patron à partir de maintenant ! Je peux te répéter mot pour mot ce que nous a dit le curé : *l'homme est le prince de la famille et le chef de la femme.* Et c'est le pape Léon XIII qui le dit !

Gervais se met à rire en se tapant sur les cuisses.

— Ha ! Ha ! Ha ! Je n'ai jamais autant aimé l'Église que maintenant ! Et toi, la belle ! C'est pour quand, ma chemise propre ? Même ta mère est plus rapide que toi. Pourtant, c'est pas une flèche !

Honorine voudrait intervenir, mais elle n'ose plus depuis les coups qu'il lui a assenés un soir où elle se refusait à lui. Elle a conscience d'être passée sous son autorité.

C'est ainsi que Gervais se met à étendre son emprise sur la famille. Il sait se faire craindre. Il a pris l'habitude de lever la main, prêt à l'abattre sur le premier qui le contestera.

Chacun se dit qu'il risque de devenir un vrai tyran domestique.

Un soir où le ton monte, Gervais n'y tient plus, et prend une décision irrévocable.

— J'en ai assez de vous deux ! Si vous n'êtes pas contents de votre sort, vous n'avez qu'à partir ! C'est ça ! Foutez le camp ! J'vous ai assez vus ! J'ai déjà la vieille sur le dos !

Les deux enfants sont pétrifiés. À peine marié, il ne respecte déjà plus leur mère.

Théophile trouve refuge chez le père Fauvier, veuf depuis l'âge de 35 ans. Il considère le jeune homme comme le remplaçant de son fils mort-né des années auparavant. Il n'est point surpris par la tournure que prennent les événements.

— Je n'ai jamais eu confiance en ce Gervais. Ta mère aurait dû réfléchir avant de l'épouser.

Quant à Louise, elle est accueillie par ses grands-parents maternels.

— Ma chérie ! Viens ! Ta mère a épousé un monstre !

Les mots de Gervais ont marqué la chair d'Honorine au fer rouge. Elle a beau se boucher les oreilles et fermer les yeux, elle se heurte à une impitoyable réalité : elle a construit son malheur toute seule.

Elle est maintenant entre les mains du diable.

– 13 –

La vie est douce pour Gervais Dumont, depuis bientôt deux ans qu'il est installé dans la ferme des Druard. Il a des terres, pas de souci d'argent, des gens qui travaillent pour lui et font fructifier son patrimoine, des enfants qui ne l'embarrassent plus, et une épouse qui n'a d'épouse que le nom. Elle passe son temps à errer d'une bâtisse à l'autre, la plupart du temps vêtue de sa chemise de nuit. Elle ne veut plus s'habiller. Il doit constamment supporter ses plaintes et multiples jérémiades, mais « elle est bête, elle ne comprend rien ! Elle ne parvient pas à se mettre en tête qu'elle n'a qu'à me laisser vivre comme je l'entends. Qu'elle se fasse oublier, c'est tout ! ».

— Mais il n'y a pas si longtemps, tu me disais que tu m'aimais ! Qu'est-ce que je t'ai fait ? Dis-le-moi, je te promets que je ferai ce que tu voudras !

Il contemple la carcasse amaigrie secouée de sanglots. Loin de l'attendrir, elle ne réussit qu'à susciter son mépris. Il s'adresse à elle d'un ton las.

— Tu me fatigues. Un point c'est tout. J'en ai assez de tes récriminations. Tu ne sais que geindre du soir au matin. Je suis résistant, mais il y a des limites à ne pas franchir.

Honorine trouve la force de s'approcher de lui. Et de l'affronter.

— Les enfants avaient raison. Tu n'es qu'un voleur ! Mais tu ne l'emporteras pas au paradis, Gervais ! Malheur à moi de t'avoir jamais fait entrer dans ma vie, et malheur à toi d'avoir abusé de mes sentiments !

Les yeux d'Honorine sont habités par un mélange de fièvre et de colère. Ils en sont presque effrayants. Elle semble en transe. Cela ne dure pas. Elle s'affaisse lentement sur le carrelage de la cuisine.

Gervais l'abandonne. Il doit se rendre au bourg. On l'y attend.

Il ignore la présence de la femme qui s'était consumée d'amour pour lui.

Elle est maintenant en train de sombrer, et ça l'indiffère.

Les journées s'égrènent, les pensées surgissent, partent et reviennent. Tout se bouscule dans la tête d'Honorine. Que faut-il faire pour qu'enfin elle cesse de s'interroger, de douter, de pleurer ? Pourquoi être obsédée par un homme qui ne veut que sa perte, ne souhaite que le malheur de sa famille ? Son esprit semble incapable de sortir de cet enfer quotidien. Elle s'efforce de retenir ses larmes, mais celles-ci déferlent malgré elle.

La mort d'Ernest l'a mise à terre. Gervais vient de lui donner le coup de grâce.

– 14 –

Il a fort belle allure, le mari d'Honorine, à bord de sa jolie carriole neuve. La banquette est en tissu écossais. Le cheval ardennais, qu'Ernest avait cherché à dresser, affiche des sabots cirés pour l'arrivée au bourg. Il faut être sur son trente et un pour se faire respecter. Une visite aux filles s'impose. Mais, avant cela, un petit remontant.

— Comment ça va, Gervais, à la ferme ?

— Bah, y'a du boulot. Y'a la terre, mais y'a aussi la ferme dont Honorine ne s'occupe plus ! Elle s'est mise à dérailler un peu. Elle me donne du souci !

— T'as qu'à demander de l'aide à ses enfants ! La progéniture, c'est fait pour vous donner un coup de main !

— De beaux ingrats, ceux-là ! Ils ne sont pas foutus de lui rendre une petite visite !

Silence.

Personne n'ose lui dire que cela serait différent s'il ne les avait pas mis dehors. Parce que tout le monde sait exactement comment les choses se sont passées. Ils savent aussi d'où provient l'argent qu'il dilapide allègrement à chaque fois qu'il vient au bourg. Mais il a de grosses pognes, le Gervais, alors…

— Allez ! C'est ma tournée !

Y'a pas à dire, c'est un brave gars qui paie de bons coups !

Une fois qu'il a quitté les lieux, les langues se délient.

— On m'a dit qu'il avait la main leste.

— Quelqu'un a connu le premier mari de son épouse et m'a dit que jamais il n'aurait traité sa femme comme lui le fait.

— En attendant, il vaut mieux ne pas le contredire quand il vient ! Il peut avoir le vin mauvais et faire des dégâts. Et c'est pas notre problème !

Tout le monde replonge son nez dans son verre.

Le silence se fait.

Puis on passe à nouveau commande pour rompre le sentiment de malaise général, et les conversations reprennent.

– 15 –

Gervais est ravi de sa journée. Il a peut-être un peu trop bu. Ce qui l'oblige à s'arrêter une fois pour vomir, une autre fois pour se soulager. Il repense à la belle brune dont les doigts effilés lui ont fait frissonner l'échine et émerger un peu de tendresse. Ce n'est pas cette souillon d'Honorine qui peut jouer de ses doigts magiques sur son corps ! Elle a des mains semblables à deux battoirs calleux ! Voilà en plus qu'elle s'est mise à ne plus vouloir se laver !

Non, il sait qu'il n'y en a qu'une capable de l'enivrer, et de lui donner un regain de douceur : Louise. Il le dissimule en la rudoyant, mais il pourrait en faire une déesse qu'il vénérerait au quotidien, si seulement elle acceptait ses avances. Mais elle lui présente à chaque fois un visage peu amène et prend la fuite dès qu'elle l'aperçoit. Si, au moins, il pouvait lui expliquer que la dureté s'est installée en lui à force d'être battu par son père lorsqu'il revenait bredouille de la pêche. À force d'être la risée des copains parce qu'il marchait pieds nus tandis qu'eux-mêmes avaient des sabots. Qu'il n'avait jamais connu sa mère morte de fièvre puerpérale, qu'il avait fini par se convaincre que le désamour dont il avait souffert venait sans doute de là, qu'il n'avait reçu que les baisers des bâtons, les caresses des gifles, et qu'un jour il s'était enfui, en se jurant d'avoir sa revanche, le cœur rempli de haine.

Il va garer sa voiture dans la grange. Une lune bien ronde éclaire la cour qu'il traverse en titubant légèrement. Honorine est allongée sur le seuil.

— Mais qu'est-ce que tu fous là, la vieille ? Tu pues l'étable, espèce de souillon !

Il enjambe son épouse, silhouette silencieuse aux yeux grands ouverts.

— C'est vraiment l'autre que j'aurais dû prendre pour femme !

Il se dirige jusqu'à la chambre et s'affale sur le lit.

— Elle ne perd rien pour attendre, ta pimbêche de Louise.

La tête qu'elle fera lorsque je l'aurai bloquée derrière la porte de l'étable ! Il en glousse de plaisir. S'ensuivent des ronflements sonores.

Des larmes coulent des yeux toujours ouverts d'Honorine.

Elle ne peut s'empêcher de s'en vouloir, de se blâmer de n'avoir pas prêté attention aux avertissements que lui avaient lancés ceux qui l'aimaient vraiment : ses parents, ses enfants. Elle les avait certes entendus, mais y était restée sourde. Elle leur en avait même tenu rigueur. Dire qu'elle avait giflé sa fille ! Elle n'avait jamais auparavant osé lever la main sur elle. Elle souhaiterait tant s'excuser auprès d'elle. *Si elle savait combien je regrette !*

Les larmes coulent de plus belle. Et, dans son désespoir, elle aperçoit ses enfants, sacrifiés pour une passion qui l'a anéantie. Tout lui paraît laid. L'avenir l'effraie. D'ailleurs, y a-t-il un avenir ? Elle préférerait être morte, disparaître à jamais de la vue de tous.

Ce qu'elle éprouve est indescriptible. Elle avait vraiment souffert à la disparition d'Ernest, ce qu'elle endure à présent est différent, mais va, une nouvelle fois, laisser son cœur en miettes. Il n'y a personne à ses côtés pour l'aider à affronter un univers hostile, pour lui permettre de se reconstruire. Elle est brisée.

Elle se prend à avoir honte. Ses larmes scintillent sous la lumière de la lune. Elle se redresse, se tient debout, les bras tendus, le visage tourné vers le ciel.

— Je sais que tu m'entends, Ernest, et que tu me juges. Tu as raison de m'accabler. Je suis une mauvaise mère, une femme indigne de toi. Mais pourquoi m'as-tu laissée ? Je suis perdue sans toi à mes côtés ! Je n'avais sans doute pas le droit de me conduire comme je l'ai fait, mais, toi, Ernest, tu n'avais pas le droit de m'abandonner comme ça ! Si tu savais comme je me sens honteuse, Ernest ! Si tu savais aussi combien je t'en veux !

Elle se laisse à nouveau tomber sur la terre battue de la cour, s'allonge et se met à rouler sur elle-même en poussant des cris rageurs.

Il n'y a que l'astre lunaire pour la voir d'en haut, et son chien Loupi, couché dans sa niche, le museau reposant sur ses pattes de devant. Il reste immobile et fait entendre des gémissements plaintifs.

– 16 –

Lorsque Gervais part au travail, Honorine n'est pas levée. Quand il rentre, elle est toujours dans ses vêtements de nuit. Elle passe la journée à pleurer et errer. Elle néglige la ferme, les animaux, à l'exception de son chien. Gervais le lui laisse.

Ce jour-là, elle décide de sortir de la grange les sacs en toile de jute remplis de cordes, ainsi que ceux restés vides et empilés à côté. Elle continue de faire des allers-retours entre la grange et la cour pour en extraire davantage. Elle chemine lentement. Lorsqu'elle est satisfaite du nombre de sacs sortis, elle met le feu, bien décidée à les faire s'embraser.

La femme que Gervais emploie pour accomplir le travail que son épouse ne fait plus est derrière la grange pour étendre la lessive.

Gervais est de retour des prés, où il est allé pour donner des instructions. La fenaison est importante pour remplir les stocks de fourrage en cas d'hiver rigoureux. Il aperçoit Honorine, une bougie allumée à la main.

— Mais sacrebleu, qu'est-ce qui te prend ? Tu veux faire flamber toute la ferme ? Réponds-moi ! Qu'est-ce qui te passe par la tête ?

Elle demeure silencieuse, occulte totalement la présence de Gervais et poursuit méthodiquement sa tâche.

Il se jette sur elle et la secoue de telle façon qu'elle en est presque déshabillée.

— Mais je vis avec une folle ! C'est ça ! Une vraie folle !

Il l'oblige à rentrer de force dans la maison. Il sait quelle décision prendre. Pour enfin mener la vie qu'il aime, sans embarras. Plus de bonne femme, plus d'enfants, des terres dont il sera seul propriétaire… Il la tient, sa revanche ! Il jubile. Il aurait souhaité avoir son père en face de lui pour lui montrer ce que son existence allait devenir.

Pour lui démontrer avec quelle habileté il avait œuvré.

— Alors ? Il est toujours aussi bon à rien, ton fils ? Je vais en avoir plus que tu n'en auras jamais eu !

Il s'adresse à un homme imaginaire en criant et en brandissant un poing.

Mais il n'est pas le père Fouan du roman de Zola, qui avait épousé la terre comme on épouse une femme, prêt à tuer, renier sa progéniture, dans le simple but de détenir la terre, rien que la terre.

Ce n'est pas tant le fait de posséder qui le domine. L'avarice n'est pas son moteur. Mais il en veut toujours plus pour dépenser plus, faire le beau, impressionner ceux qui méprisent *le gars venu de nulle part.*

Personne ne cherchera querelle à un type comme lui : capable de glisser sa patronne dans son lit et d'en faire sa femme, devenu maître des terres Druard, convoitées par bon nombre de paysans du coin.

Honorine ne s'est jamais rendu compte à quel point certains hommes encore célibataires ou veufs avaient envisagé de l'épouser depuis qu'elle était seule, pour obtenir de nouveaux lopins de terre à cultiver. Elle n'aurait eu aucun mal à trouver un autre mari. Ils ont envié Gervais Dumont.

— Il a bien magouillé, ce salopard !

— Sa femme ne sait même pas d'où il vient ! Et regardez comment il la traite !

Mais ils ne peuvent pas deviner que la passion amoureuse a guidé Honorine.

– 17 –

L'ambulance grise, tirée par deux chevaux, quitte rapidement la cour de ferme. Louise et ses grands-parents ont essayé vainement d'intervenir.

Leurs cris et les aboiements frénétiques de Loupi, s'étranglant presque au bout de sa chaîne, ont alerté Théophile, qui arrive en trombe.

— Louise ! Louise ! Que se passe-t-il ?

— Ils ont emmené notre mère !

— Qui ? Où ça ?

— Les infirmiers de l'asile d'aliénés ! Elle est en route pour là-bas ! Elle hurlait qu'elle ne voulait pas partir !

— Le fumier ! Il a réussi son coup ! Il fait interner maman !

Louise n'a pas le temps de répondre que son frère est déjà devant la porte de chez son beau-père. Il se met à tambouriner à s'en faire rougir les jointures.

— Gervais ! Faut qu'on cause !

Gervais apparaît, satisfait du remue-ménage que suscite sa décision.

— Causer de quoi ?

— De notre mère, à Louise et moi ! C'est l'ambulance de l'asile qui vient de passer. Tu t'en es débarrassé !

— Mais tu sais ce que c'est que de s'occuper de quelqu'un qui a perdu la boule ? D'entretenir une femme qui ne fout plus rien ! Un an que je la subis ! J'ai été obligé de prendre quelqu'un pour faire le travail de la ferme à sa place.

— Que tu peux glisser dans ton lit quand ça t'arrange ? Dis-toi bien qu'on n'a jamais demandé à partir ! Et tu le sais ! On aurait pu prendre soin d'elle ! Mais ne t'inquiète pas ! La terre sur laquelle tu lorgnais nous reviendra un jour !

— En attendant, c'est la mienne ! Ça te fout en rogne, pas vrai ? Mais je te propose un marché : tu peux devenir un de mes ouvriers. Je veux bien te payer pour le travail que tu feras sur mes terres. Je te fais un bail quand tu veux. Tu vois que je ne suis pas un mauvais bougre !

Théophile a failli se jeter sur Gervais au moment où celui-ci a parlé de ses terres. Des terres qu'il avait vu son père labourer et ensemencer année après année. Mais il sait qu'il ne fait pas le poids par rapport à sa brute de beau-père. Il est plutôt mince et peu épais.

— Alors, considère-moi comme ton commis dès maintenant ! Même si tu me dégoûtes ! Ta façon d'agir est celle d'un voyou !

***

Théophile, âgé de 18 ans, devient l'employé de son beau-père.

Dans sa tête, une idée fixe : redevenir un jour, avec sa sœur, propriétaire des terres de la famille Druard.

Il rejoint son aînée pour lui faire part de sa décision.

— On y arrivera, Louise.

— Si on était allés voir maman de temps à autre, elle ne serait pas à l'asile, maintenant !

— Elle n'a pas voulu nous entendre ! Elle ne nous a pas défendus quand son ordure de mari nous a chassés de chez nous ! À chaque fois qu'on se montre, elle disparaît. Elle court se cacher.

Ils passent un long moment à chercher des arguments qui les déculpabiliseraient. Car ils se sentent une part de responsabilité dans le sort de leur mère. Et ce sentiment ne cessera, en fait, jamais de les habiter.

— Ne t'inquiète pas ! Un jour, il paiera.

– 18 –

La carriole pénètre dans une vaste propriété, située à environ quinze kilomètres du village. Le véhicule se met à serpenter à travers le parc avant de s'arrêter devant une grande bâtisse sombre : l'asile d'aliénés de la région. Deux infirmiers sortent de la voiture attelée en compagnie d'une femme, affolée de se retrouver là, encore vêtue d'une chemise de nuit, dont le bas est noir de crasse, tellement elle a essuyé le sol au cours des distances parcourues dans la cour de ferme. Ses longs cheveux mal coiffés, devenus gris par endroits, retombent sur ses maigres épaules.

— Je ne comprends pas, c'est une erreur. C'est une injustice ! C'est à cause de mon mari si je suis ici ! Et mon chien ? Qui va s'occuper de mon chien ?

Les gardes-malades constatent son état d'extrême agitation. Ils décident de lui montrer le certificat médical et l'arrêté du préfet qui ordonne son placement d'office.

— Non ! Ce n'est pas possible ! Je vous en supplie ! Qui va faire le travail de la ferme ?

— Votre mari se charge de tout.

— Mais c'est un scélérat, un menteur, un voleur ! Il ne faut pas le croire ! Si vous saviez comme je suis malheureuse avec lui !

Les cris qu'elle fait entendre sont ceux de la colère et du désespoir.

Le directeur de l'asile fait signe au personnel de l'emmener à l'étage des dortoirs.

— Vous avez besoin de repos, Madame Dumont. Ces messieurs vont s'occuper de vous.

C'est une femme anéantie qu'ils conduisent vers un endroit dont elle ne sait si elle ressortira un jour, si ce n'est pour être placée dans un autre établissement, tout comme de nombreux pensionnaires atteints de manie continue, d'idiotie congénitale, de démence sénile, d'épilepsie, ou encore de lypémanie, comme cela est indiqué par le médecin. Différent de celui qu'Honorine a coutume de consulter. Qui ne s'est pas fait prier pour suivre les recommandations de Gervais : ce dernier connaît la propension de l'homme à délivrer des certificats de complaisance.

Honorine souffre d'un état dépressif. Il se caractérise par une très profonde mélancolie, et le corps médical pense que celle-ci peut se transformer en obsession morbide ou mener à la folie. Elle est incapable de se prendre en charge, et son comportement des derniers temps a démontré qu'elle était un danger pour elle-même et pour autrui.

⁂

L'établissement bénéficie depuis plusieurs années de nombreuses améliorations. Les dortoirs ont été meublés convenablement, des lampes marines sont maintenant suspendues au milieu, hors d'atteinte des aliénés, ce qui assure plus de sécurité, des fosses d'aisances inodores ont été aménagées à la place des latrines…

Mais tout cela ne peut pas remplacer l'ancienne vie d'Honorine au milieu de ses bêtes, de ses terres. Son visage tourné vers les nuages pour deviner le temps qu'il va faire. Le vent qui sèche son linge, aidé du soleil qui lui chauffe les épaules. Une impression de liberté qu'elle ne retrouvera jamais, même si elle aura souvent la possibilité d'entretenir les jardins, champs et autres terrains de l'asile, en compagnie des nombreux pensionnaires réquisitionnés pour l'occasion.

Elle ne pourra plus sortir sans être accompagnée, et l'établissement devient, à partir du jour de son arrivée, sa demeure pour un temps indéterminé.

⁂

Honorine a inconsciemment compris que si l'on veut que tout se déroule dans les meilleures conditions possibles, une fois entre les murs de l'asile, mieux vaut cesser de crier à l'injustice et contester les ordres donnés.

Les membres du personnel peuvent être rassurés, ils n'ont pas grand-chose à craindre de cette nouvelle patiente devenue mutique, que plus rien ne choque ou ne met en colère, et dont l'esprit vacille peu à peu dans l'oubli de ce qu'elle fut. Ne lui reviennent épisodiquement que les souvenirs de son seul amour : Ernest. Telle la foudre, il lui a laissé en mourant le cœur en cendres.

Passé les premiers jours d'internement sous sédatifs, elle fait preuve d'une docilité exemplaire. Aucune rébellion. Elle se livre aux tâches demandées sans jamais se plaindre. Elle évite ainsi les traitements durs comme l'eau froide, la flagellation, le bromure de potassium… Elle a entendu raconter toutes sortes de choses, surtout à propos des remèdes réservés aux épileptiques. Elle n'a pas compris grand-chose de ce qui lui a été dit. En ce moment, elle est employée à des travaux de couture, elle donne aussi parfois de son temps à la lingerie, au blanchissage. La semaine dernière, elle a participé aux soins du ménage.

Honorine est soumise au même rituel, depuis plusieurs mois déjà, du lever matinal jusqu'au coucher vers 20 heures. Elle se lève à 5 heures l'été, à 6 heures en hiver. Tous les repas sont précédés et suivis de prières lues par un aliéné ou un gardien. Elle a droit à une leçon de musique sacrée une fois par semaine. Lors des dimanches et fêtes, elle assiste à une grand-messe chantée et aux vêpres. Il y a chapelle tous les jours pour une prière commune. Une fois sa soupe du matin avalée, elle commence le travail, interrompu par une visite médicale quotidienne.

En même temps, lentement mais sûrement, elle se met à déraisonner.

À l'occasion de l'une des consultations chez le médecin, le rang des femmes est amené à croiser celui des hommes. La voix plaintive d'Honorine retentit dans le silence auquel les pensionnaires sont contraints.

— Ernest ! Ernest ! Tu es venu me chercher ? Hein ? C'est ça ? Tu es venu me chercher. Je savais que jamais tu ne m'abandonnerais. Allez, partons ! Ramène-moi à la maison ! Je n'ai rien à faire ici ! Si tu savais comme j'y suis malheureuse ! Et mon chien ? Loupi m'attend. Je dois m'en occuper.

L'homme la regarde fixement et affiche un large sourire, celui dont il ne se départ jamais. Puis il détourne les yeux et retourne au travail avec les autres.

En le voyant s'éloigner, Honorine se met à trembler. Elle ne semble pas vouloir se calmer. Une nonne, en charge de son groupe, fait signe à un infirmier. Celui-ci vient la chercher pour la mener au dortoir. Un sédatif aura raison de son état fébrile.

– 19 –

S’il fait beau, des religieuses et des gardiennes emmènent les femmes se promener à l’extérieur de l’asile. C’est ainsi qu’Honorine a pu apercevoir un jour des champs de blé. Personne n’a compris pourquoi elle pleurait.

— Il faudra éviter de venir la prochaine fois, Honorine, si cela est cause d’autant d’émotion !

Lorsque le temps est pluvieux, ce sont des jeux d’intérieur tels que dominos, cartes, loto.

Toutes les activités sont annoncées par le son d’une cloche, ou par un battement de tambour lorsque cela concerne les hommes.

Honorine cohabite avec ceux qui souffrent de lypémanie, comme elle, de démence, de monomanie, de manie continue… Elle mange peu et se réfugie dans le silence. Quand elle ne reste pas assise, prostrée devant un mur sur lequel elle croit deviner des épis de blé, elle passe beaucoup de temps à faire les cent pas dans le grand couloir, dont les vitres donnent sur le parc traversé lors de son arrivée à l’asile.

Elle se plante parfois derrière une fenêtre, et son regard essaie d’aller au-delà des grilles, sans doute pour tenter d’apercevoir le toit de sa ferme, ou le clocher de l’église où elle s’est unie à Ernest. Sa mémoire demeure bloquée sur ce moment de sa vie. Elle ne sait plus qu’elle a eu deux enfants, elle a oublié son amie Margot, celle qu’elle a parfois rabrouée lorsqu’elle traitait son mari de *bon à rien*.

— Tu ne devrais pas, Margot. C’est quand même un brave homme. Je serais contente d’avoir encore mon mari à mes côtés.

— Je sais, mais il ne faut pas toujours se fier aux apparences. Et parfois il m’agace. Il faut toujours que je lui répète les choses deux fois.

Étienne fait partie de ceux qui aiment prendre le temps de vivre.

De grande taille, musclé et barbu, il a séduit Margot par son humour. Et par sa barbe prématurément grisonnante. Il a connu Honorine, Margot et Ernest autrefois, lorsqu'il a appartenu à la *petite bande*. Mais il s'est toujours senti décalé par rapport aux autres, notamment son copain Ernest.

Il a été élevé par une famille nourricière qui le traitait mal. Il était de toutes les corvées. Aussi, dès qu'il a pu, il est parti faire des petits boulots à divers endroits pendant quelques années, jusqu'à l'âge de 22 ans. Il est revenu au bourg où il a croisé Margot. Après des années sans l'avoir vue, il n'a pu constater qu'une seule chose : elle était une très jolie jeune femme. Il a fini par rester pour les yeux envoûtants de la belle.

Les parents, autrefois paysans, se sont décidés à l'adopter. Il a trouvé chez eux l'affection qui lui manquait depuis sa naissance. Le père de Margot s'adresse parfois à lui en le rudoyant ; son ton bourru dissimule en fait sa difficulté à exprimer ses sentiments. La mère de Margot est discrète, mais non dénuée de bienveillance. Il a enfin une famille. Et un travail stable.

Le père l'a pris avec lui pour l'aider dans son activité de rempaillage et réparations en tous genres : huisseries, boiseries, remplacement de vitres cassées… S'il était plus dynamique, il serait le meilleur des gendres.

Étienne est un enfant du péché. Sa mère n'a pas pu éviter de mener sa grossesse jusqu'à son terme. Il s'est toujours raccroché à l'idée qu'elle n'avait pas voulu lui ôter la vie. Seule pour l'élever, elle avait préféré l'abandonner. Il n'avait pas été placé sous un porche d'église, comme cela se faisait autrefois, ni dans un tour d'abandon, guichet tournant installé dans la façade des hospices. De sorte que son arrivée n'avait pas été signalée par le tintement d'une cloche extérieure, qui permettait à la personne de faction à l'intérieur de la bâtisse d'actionner le tour pour le faire pivoter, et de pouvoir ensuite, par une manœuvre inverse, récupérer le nouveau-né déposé.

Non. Il avait été inscrit sur le registre du bureau des admissions. Il a un numéro d'immatriculation. Celui-ci est écrit sur un livret lui appartenant, et gravé sur un collier en os qu'il avait dû porter jusqu'à sa sixième année.

— Tu vois cette médaille, Margot. Je la conserve parce qu'elle me rappelle qu'une femme m'a mis au monde. Elle me prouve que j'ai une mère. Cette femme n'a pas pu m'abandonner autrement que pour des raisons de misère ! Peut-être qu'elle a été chassée de son emploi après avoir été engrossée par un maître qui a profité d'elle ?

— Tu es touchant à entendre, Étienne !

— Honnêtement, si elle se présentait à moi, je serais prêt à lui pardonner !

Mais il savait que ce jour n'arriverait jamais. La solitude était son lot.

Alors, quand il s'est retrouvé adopté comme gendre par la famille de Margot, cela lui a semblé presque irréel. Cela n'empêche pas le père de Margot de le trouver régulièrement paresseux. Leur point commun : l'appréciation du bon vin et du champagne, qu'un ancien viticulteur avait transmise à Étienne pendant des vendanges auxquelles il avait participé.

***

Maintenant qu'elle vit à l'asile, Honorine ignore que son amie est à présent veuve, elle aussi. Une sale maladie a rongé son époux de l'intérieur. La fin d'Étienne a été longue et douloureuse.

Margot est allée le voir à l'hôpital peu de temps avant son décès.

— Je sais que tu m'as souvent supporté, Margot. Je ne t'ai pas donné la vie que tu voulais.

— Tais-toi ! Ne dis pas de sornettes. On a eu de bons moments ensemble, et on en aura encore !

— Ce n'est pas la peine de me mentir. Je sais très bien que je suis foutu. Et il vaut mieux que ça ne dure pas trop longtemps, ça fait un mal de chien. Je n'ai jamais été très courageux, tu sais !

Margot sent des larmes monter, elle détourne le regard du visage blême et amaigri de son mari.

Elle le revoit partager le pique-nique qu'ils ont organisé un dimanche. Chacun a apporté son écot : des pommes, un bon morceau de pain de seigle, du fromage qu'Honorine a fabriqué, et quelques biscuits faits maison.

Ils ont 10 ans. Leur *petite bande*, comme ils aiment s'appeler, apprécie de se retrouver dès que la journée s'annonce belle. Une partie de pêche, une baignade… Ils savent que l'été va être bien rempli. Alors, quand ils peuvent grappiller quelques instants de liberté, sans avoir à courir à l'école, ou prêter main-forte pour les travaux de la ferme, ce n'est plus la peine de regarder autour de soi, ils ont déjà filé vers le lieu de rendez-vous habituel : un énorme roc en forme de tête humaine.

Étienne a vu le visage tout de suite. Il lui a semblé évident.

Les éléments naturels ont façonné la pierre au point de lui donner l'apparence d'une tête d'homme dont le crâne est bosselé, la bouche tordue, les yeux décalés l'un par rapport à l'autre, le droit enfoncé et placé plus bas que le nez suggéré par une des arêtes de la surface blanche et grise par endroits. Étienne l'a surnommé Hector. Parce qu'il lui évoque le visage d'un homme qu'il avait croisé une fois dans une ruelle du bourg où il s'était rendu avec le commis le plus âgé de la ferme où il vivait à l'époque. L'individu lui avait fait peur, et il avait serré la main de l'adulte pour se rassurer. Celui-ci lui avait alors expliqué qu'il ne fallait pas en être effrayé. Que cet homme avait eu un très grave accident, un jet de pierres ainsi que des flammes l'avaient défiguré, et qu'il n'oserait plus sortir et se montrer si la réaction des gens était celle de l'effroi. Il avait aussi ajouté que l'individu se prénommait Hector et qu'il l'avait connu avant que cela lui arrivât : un beau gars dont le charme opérait sur toutes les femmes. À la suite de son accident, son épouse l'avait quitté, incapable d'être confrontée à son nouveau visage difforme.

Margot repense à tout ça tandis que son mari se tord de douleur sur son lit d'hôpital. Lui non plus ne ressemble plus à ce qu'il a été : grand et charpenté, un sourire malicieux, des yeux vifs. Il apparaît tellement affaibli dans ce lit trop grand pour lui. Ses yeux enfoncés dans leurs orbites, ses grands cernes noirs, son buste amaigri… tout ce qui faisait Étienne a disparu.

— Je t'évoque l'Homme, à présent, pas vrai ?

Il veut la faire rire jusqu'au dernier moment avant qu'elle ne s'en retourne à la maison, mais une quinte de toux a raison de son humour, attirant une infirmière qui demande à Margot de se retirer pour le laisser se reposer.

C'est l'ultime vision qu'elle a de son mari.

Elle repensera aux mots d'Étienne sur l'Homme quand débarqueront les premières gueules cassées de la guerre à venir.

⁂

Tout ce qu'elle aurait pu dire pour adoucir les derniers moments de son époux arrive trop tardivement. Des regrets, elle en a. Des torts aussi. Teintés d'un gros sentiment de culpabilité. Jamais elle ne s'était jusqu'alors sentie coupable. Mais la maladie d'Étienne a tout bousculé.

Elle est rongée par la honte : celle d'avoir noué une relation plus qu'intime avec le mari de sa meilleure amie, Honorine, un jour où ils se sont rencontrés au bourg.

Elle a toujours su qu'Ernest en pinçait pour elle. Depuis leur enfance. Elle en a joué, surtout à l'adolescence, mais de loin. On ne se mêlait pas. Elle aimait trop Honorine pour lui faire du mal, alors quand celle-ci lui a confié être attirée par Ernest, elle lui a laissé la place. Elle n'était pas suffisamment attachée à lui. Mais c'était sans compter sur le feu qu'elle avait allumé dans le cœur d'Ernest. Surtout lorsque, tout jeunes, elle l'avait emmené voir les lapins du clapier. Ils avaient surpris un mâle juché sur le dos d'une lapine.

— Qu'est-ce qu'ils font ? Ils jouent ?

— Non, le lapin va faire des petits à la femelle. Tu sais que c'est la même chose pour nos parents ?

— Qu'est-ce que tu veux dire ?

— Bah, quand ils s'aiment, le père monte sur la mère.

Il avait 6 ans. Il ne comprenait pas ce qu'elle lui racontait. Il savait déjà qu'il aurait voulu être le lapin, car elle avait dit que cela se passait quand les gens s'aimaient, et il l'aimait. Il cherchait désespérément un trèfle à quatre feuilles à lui offrir à chaque fois qu'il allait se promener. Son père la trouvait délurée. Il ne connaissait pas le sens de ce mot. Il ne connaissait pas grand-chose. Surtout en ce qui concernait les choses de la vie.

Ernest s'est senti soulagé quand Margot a quitté le village. Il a fini par faire un mariage de raison. Il aimait Honorine, mais jamais son cœur ne s'est embrasé pour elle comme il l'avait fait pour Margot.

Puis il y a eu l'union de Margot avec Étienne, son copain d'enfance à lui.

Les quatre jeunes gens, Honorine, Margot, Étienne et lui-même, Ernest, ont fait leur communion ensemble, ont été élèves dans la même classe, ont appartenu à *la petite bande*, pour peu à peu prendre leurs distances. Ernest n'a jamais compris comment Margot a pu lui préférer Étienne. Ils se sont mariés à la même époque, à deux endroits différents. Ernest n'aurait de toute façon pas pu assister au mariage. Cela lui aurait fait trop mal.

La vie les a accaparés, jusqu'au jour où Ernest et Margot se sont retrouvés sur le marché du bourg. Ernest s'est rendu compte que sa passion pour Margot était intacte. Ils ont échangé à propos de leurs vies respectives, ont évoqué le passé. Ils se sont promenés un moment et il l'a raccompagnée. Étienne était absent.

— Honorine va bien ?

— Nous venons d'avoir un deuxième enfant. Un fils !

— Je vous envie. Je n'arrive pas à être enceinte. C'est une grande souffrance, Ernest. J'ai eu recours à toutes sortes de pratiques pour connaître les joies de la maternité, j'ai bu des eaux dites spéciales, prié tous les saints susceptibles de me rendre féconde ! Rien n'y a fait ! Heureusement que nous ne sommes pas restés au village, notre couple aurait semblé hors-norme. Étienne ne craint rien, la stérilité m'a été imputée !

Ernest a voulu la consoler. Il s'est approché pour lui passer un bras autour des épaules, caresses et baisers ont suivi. Il y avait le désir d'Ernest, impossible à refréner, et le besoin de réconfort de Margot. Une relation amoureuse éphémère qui embrasait à nouveau le cœur d'Ernest et allait miner la suite de son existence. Quand ils s'étaient quittés, chacun regrettait déjà de s'être laissé aller.

La vie aurait pu reprendre son cours normal, ou presque, si Margot ne s'était pas retrouvée enceinte et obligée de se faire avorter.

Étienne n'en avait jamais rien su. Il n'avait pas été au courant des tentatives de son épouse pour interrompre sa grossesse.

Elle qui avait tant désiré un enfant, avait dû se débarrasser de ce qui aurait fait son plus grand bonheur. Mais le conserver aurait été la promesse de lendemains incertains.

Elle aurait pu avoir recours à l'avortement, mais elle avait parfaitement conscience des conséquences dramatiques que cela pouvait avoir. Elle se souvenait d'une jeune femme qui avait dû s'en remettre à des méthodes douteuses. Cela s'était terminé par une septicémie. Margot ne voulait pas se retrouver dans sa tombe plus tôt que nécessaire, mais elle ne pouvait pas garder l'enfant.

Elle n'avait heureusement pas eu besoin des services des faiseuses d'anges, qui pratiquaient les avortements sans avoir les compétences en la matière, qui agissaient dans la clandestinité, dans des endroits non aseptisés, sans prendre de précautions particulières pour respecter l'hygiène. Tout cela après avoir été bien payées. Il n'avait pas été nécessaire de lui poser une sonde dans le col ou de lui introduire dans le vagin une aiguille à tricoter, ce qui aurait sans doute été la cause de lésions, de saignements, d'infections et de la mortalité que cela pouvait entraîner.

Les coups qu'elle s'était donnés sur le ventre, ajoutés aux lavements répétés à l'eau de javel, aux injections de savon noir dilué dans du crésyl avaient été suffisants, et avaient fini par récompenser ses efforts. Elle n'avait pas hésité non plus à sauter d'une table pour mettre toutes les chances de son côté.

⁂

Honorine, à la différence d'Ernest, demeurera dans l'ignorance totale des tourments de son amie.

Du reste, elle ne connaîtra rien du devenir de Margot.

C'est ainsi qu'elle ne saura jamais qu'Étienne est lui aussi enterré dans le cimetière du village et que les parents de Margot l'y rejoindront quelques années plus tard. Ils seront victimes d'un accident de carriole qui les précipitera contre un arbre en raison de l'emballement du cheval.

Elle n'aura aucune information au sujet du remariage de Margot ni de l'évolution de son métier de lingère, qu'elle exerce à présent dans une boutique dont elle est propriétaire.

– 20 –

Il y a quelque temps, une religieuse a été fort surprise de trouver toute une fresque tracée sur la buée des vitres du grand couloir de l'asile. Elle l'a signalé au médecin, sans savoir qui avait pu dessiner aussi bien. On y apercevait un paysage de plaines et de vallons, des étendues coupées çà et là par des bosquets.

⁂

Louise est venue rendre visite à sa mère, mais les yeux d'Honorine ont glissé sur sa fille sans la moindre étincelle de reconnaissance.

— Maman ! C'est moi, Louise ! Ta fille ! Je t'ai apporté des fleurs des champs. Loupi va bien. Je m'en occupe.

Devant l'absence de réaction, Louise s'est contentée de rester assise à côté de sa mère sur un banc du parc. Elle ne la reconnaît plus à travers cette personne squelettique, au teint livide encadré par une coupe de cheveux courte. Les reflets mordorés de la chevelure maternelle ne sont plus qu'un lointain souvenir. Le gris en est devenu la couleur dominante. Elle a oublié Loupi, l'animal qu'elle choyait entre tous, qu'elle emmenait pour conduire ses deux vaches au pré.

Louise a quitté l'asile le cœur lourd, après avoir tenu la main maternelle dans la sienne pendant deux heures. Au moment de partir, elle a serré longuement celle qui l'avait tant chérie jusqu'à la mort d'Ernest.

Avant de retourner à la ferme de ses grands-parents, elle est passée voir son frère pour lui faire un compte rendu de sa visite.

— Tu comprends pourquoi je ne souhaite pas la voir. Cette vision d'elle me serait insupportable.

— Alors, nous allons l'abandonner à son sort ! La vie est trop cruelle, Théophile !

Louise noie son esprit dans le travail. Elle sait que ses produits laitiers sont appréciés, ses volailles aussi. Mais tout lui semble sombre. Elle ne parvient à redonner de l'enthousiasme à son existence qu'en se réfugiant dans ses pensées habitées depuis quelque temps par la présence d'un garçon qu'elle aperçoit souvent : Léopold Bertillac, fils unique du maréchal-ferrant.

– 21 –

Elle fait comme sa mère avant elle, lorsqu'elle passait et repassait devant la cour où elle voyait Ernest occupé avec son père. De la même façon, Louise aime s'attarder devant l'atelier où le père et le fils Bertillac travaillent côte à côte. Contempler Léopold genoux fléchis, avec son dos musclé courbé, le pied du cheval bloqué entre ses jambes, voilà qui enflamme son cœur pour la journée. Elle pourrait mener un cheval à ferrer tous les jours si elle en avait la possibilité.

Léopold trouve la jeune femme à son goût et peut deviner son regard lorsqu'il est occupé à parer des sabots, afin de leur donner une forme et une longueur parfaite à l'aide de sa râpe.

Louise sent son cœur s'emballer quand il lui adresse la parole, mais elle ne connaît de lui que ce qui lui reste en souvenir de l'époque de leur trio : Louise, Théophile et Léopold. Ils étaient gamins. Le labeur quotidien les a séparés. Léopold auprès de son père, pour s'occuper des sabots des chevaux, Louise et Théophile aux côtés de leurs parents pour le travail de la ferme.

Elle court après ce qu'elle pense être l'amour, après celui qui lui permettra d'être rassurée et de ne plus craindre Gervais Dumont. De ne plus appréhender son regard. Ses grands-parents sont âgés et souvent souffrants, surtout depuis le départ de leur fille Honorine pour l'asile. Mais ils s'éteindront chez eux, au milieu de leurs meubles. Louise ne conçoit pas les choses autrement.

Sa propre mère ne lui est plus d'aucun secours. Son frère s'apprête à partir faire son service militaire. Elle ne veut pas se retrouver à lutter seule, en cultivant une terre louée qui devrait être sienne. C'est ce que fait son frère. Elle sait qu'il en souffre, mais il est animé par la certitude qu'il la récupérera un jour. Et s'il se trompait ?

Louise place ses espoirs en Léopold Bertillac, grand et beau garçon, dont elle ne sait pas encore à quel point il aime mener une vie facile et dépenser des sous qu'il n'a pas, à l'exception des sommes que sa mère lui fournit en cachette. C'est un faible, amoureux des femmes, capable de mentir pour obtenir gain de cause, défendu et soutenu par l'amour maternel. Il doit cet attachement excessif à la disparition de sa sœur à l'âge de trois mois. Il a été couvé et chéri au point d'être devenu très dépendant de l'affection maternelle.

Je souhaite voir ma sœur heureuse, mais qu'est-ce que je sais de Léopold ?

C'était un bon copain autrefois, mais Léopold a quitté l'école plus tôt que Théophile. Ils se sont moins fréquentés. Il a souvent entendu le père Bertillac pester contre son fils. Théophile vit dans l'espoir qu'il changera auprès de Louise. *L'amour en a métamorphosé plus d'un, alors, pourquoi pas lui ?*

Il en a parlé au père Fauvier. Il aime avoir son avis sur bien des sujets, le temps qu'il va faire, une nouvelle plantation… Il est son père d'adoption, celui vers lequel il peut se tourner quand il éprouve un tourment. Pourtant, Théophile est un taiseux. Il n'y a bien qu'avec le père Fauvier qu'il se livre. Il est en confiance.

— Je pense que ça pourra peut-être marcher entre ma sœur et Léopold.

— Tu es bien naïf, mon gars !

S'il y en a un qui connaît bien Léopold, c'est Gervais. Il a souvent l'occasion de le rencontrer autour d'un verre, ou de l'apercevoir en train d'offrir une tournée, alors que son père l'attend au travail. Léopold est un peu son double physique : mêmes yeux clairs, même moustache, haute stature. Mais la comparaison s'arrête là. C'est un faible au cœur sensible, susceptible de s'acoquiner avec des gaillards peu intéressants capables de l'exploiter. Lui, Gervais, sait ce qu'il veut, aime son indépendance, et n'autorise personne à lui dicter ses actes. *Ça me fait rire de penser qu'il est amoureux de Louise ! Il s'imagine qu'elle va l'apprécier ? Eh bien, elle va vite déchanter ! Il dit qu'il l'aime mais il n'a rien à lui offrir ! Elle est un fruit trop beau pour ce lascar ! Moi, je saurais le cueillir, mais lui…*

– 22 –

Gervais a l'esprit libre. Il a approvisionné l'asile financièrement de façon durable pour que son épouse puisse être maintenue suffisamment longtemps dans les lieux. Vu son état, on ne risque pas de la laisser sortir.

Les Druard ont de l'épargne. Ça tombe à point nommé ! Gervais n'a absolument pas conscience des sacrifices accomplis par Ernest et Honorine pour mettre de l'argent de côté. Ils n'ont eu qu'une idée en tête : transmettre des espèces sonnantes et trébuchantes à leurs enfants.

Toutes leurs économies sont dans une boîte sur le dessus de l'armoire de la chambre. Gervais a toujours pensé qu'il y avait de l'argent caché quelque part. Il a fini par deviner l'endroit où il se trouvait le jour où il a surpris Honorine occupée à faire le ménage dans la pièce. Elle tenait la boîte dans une main et son chiffon dans l'autre. Elle ne l'avait pas vu, il était supposé être parti aux champs. Elle ne lui avait pas parlé de l'existence de cette boîte. Ce qui était à elle appartenait également à Gervais, mais cette somme était destinée aux enfants en cas d'urgence. Elle respectait le souhait d'Ernest.

— Les terres leur reviendront un jour. Ça, c'est en plus. L'argent qui s'y trouve appartient exclusivement à Louise et Théophile.

Ernest n'était pas comme les membres de certaines familles. Il aimait ses terres, mais pas au point de sacrifier son amour pour ses enfants. Jamais il n'aurait pu refuser de transmettre ses biens, ou imaginer finir un jour comme un miséreux parce qu'il aurait légué son patrimoine à sa descendance. Il ne les pensait pas ingrats et égoïstes, prêts à chasser leurs parents de ce qui avait toujours été leur foyer. Il n'avait pas d'appréhension au sujet de l'héritage des terres. Honorine l'avait aimé aussi pour ça. Elle avait constamment apprécié son honnêteté.

Qualité dont Gervais est totalement dépourvu.

Elle n'a jamais soupçonné son nouveau mari d'ouvrir régulièrement la boîte en question pour obtenir l'argent nécessaire à ses sorties. Il a su se montrer discret quand les circonstances l'imposaient.

Aux dernières nouvelles, Honorine se serait mise à dessiner. Le médecin de l'établissement a décidé de lui fournir papiers et crayons, voyant à quel point elle est passionnée, concentrée et calme. *En voilà un qui laisse trop parler son cœur ! Quand il verra à quel point elle peut emmerder son monde en geignant tout le temps ! Moi, j'en suis bien débarrassé ! Bon ! J'ai pas qu'ça à faire ! Il serait peut-être temps d'aller vérifier combien il me reste de sacs de grains des dernières moissons.*

Gervais est occupé à grimper à l'échelle pour accéder à la réserve sous le toit de la grange. Parvenu à l'avant-dernier barreau, son pied glisse. Il veut se rattraper à l'un des sacs de jute situé le plus près de sa main sur le rebord du plancher de la réserve. Lui-même est lourd, le sac partiellement rempli. Il ne peut retrouver sa stabilité, et le sac qu'il saisit le suit dans sa chute. Il fait grand soleil à l'extérieur. Les rayons viennent illuminer la pièce par la porte grande ouverte. Dans le foin, abandonné plus bas, des crocs acérés semblent attendre. Des pics hérissés qui scintillent au soleil, mais dont seules les pointes sont visibles. Elles savent qu'elles auront leur dû. Gervais n'en devinera la présence que lorsque son corps viendra se planter lourdement dessus avec un bruit sec. Il a juste le temps de s'écrier :

— Crénom de nom ! La fourche !

Il repose à présent sous le linceul des grains de blé tombés en pluie.

***

Au même moment, Louise est au cimetière, debout devant la tombe de son père.

— Papa, je ne sais plus où j'en suis. Maman est dans un asile, Théophile va partir à l'armée, et les grands-parents sont bien faibles à présent. Je me sens seule. J'ai besoin d'un refuge. J'espère le trouver auprès de Léopold Bertillac. Mais son propre père m'a avertie que cela n'allait pas être facile, que j'allais devoir être patiente, qu'il allait beaucoup compter sur moi pour veiller sur les dépenses de mon mari, ses fréquentations… J'ai peur, papa ! Si tu savais comme j'ai peur !

Théophile, de retour des prés où il est allé réparer des clôtures, a vu sa sœur pousser la porte du cimetière. Il a entendu ses derniers mots. Il vient se placer à côté d'elle et lui passe un bras autour des épaules. Elle se met à sangloter.

— Ne pleure pas ! Gervais ne gardera pas nos terres. Je t'en fais la promesse !

– 23 –

Les parents Bertillac n'ont pas à consoler Louise pour le deuil qui la frappe. À l'annonce de la découverte du corps de Gervais, elle reste digne, mais elle jubile en son for intérieur.

Théophile a eu 20 ans l'année précédente et, après un recensement à la mairie, il a été convoqué par le conseil de révision et déclaré apte. Il n'a pas eu, à l'époque, le cœur à fêter sa conscription avec les autres gars du village, qui ont passé des journées à se saouler, faire du tapage. Il doit très prochainement se mettre en route. Ce n'est pas de gaieté de cœur. Il n'a aucune envie de s'éloigner de son lieu natal. Au moins, il partira rassuré.

Il éprouve, lui aussi, une grande joie à l'annonce de la mort de son beau-père.

— Tu vois, Louise ! Tout trouve une solution plus tôt que prévu. Nous voilà débarrassés de cet escroc de Gervais, et les terres vont revenir à leurs authentiques propriétaires.

Des papiers notariés seront signés en ce sens. Leur mère ne le saura jamais, mais justice vient d'être rendue. Gervais est enterré dans la fosse commune du cimetière, loin de la famille Druard. Étranger au village, il est mort dans l'indifférence la plus totale.

Margot, l'amie de toujours, n'est pas sans être au courant des événements. Elle reconnaît une certaine part de responsabilité dans le sort réservé à Honorine.

Mais entre son propre veuvage, son deuil parental, sa boutique à faire marcher et son remariage, ce ne sont pas les préoccupations qui manquent. *J'étais convaincue qu'Honorine ne tirerait que du bonheur de ses nouvelles épousailles, que prendre Gervais pour mari était pour elle et ses enfants la meilleure des solutions. Je n'en reviens pas de m'être laissée abuser de cette façon !*

***

Avant de partir à l'armée, Théophile assiste au mariage de sa sœur Louise avec son promis : Léopold Bertillac. Il n'a rien contre, ni pour. Il se souvient de Léopold enfant, que sa mère surprotégeait. Celui-ci se mêlait rarement aux jeux des garçons de son âge. Ses seuls copains étaient Louise et lui-même. Il n'était pas fils de cultivateur, ce qui mettait une distance entre lui et les autres jeunes. Ce n'est pas lui qu'on réquisitionnait pour les moissons, sauf quand on manquait vraiment de bras.

Il ne lui serait jamais arrivé ce qui était arrivé à Théophile quand il n'était encore qu'un gamin, lors de moissons :

— Mais qu'est-ce que tu fabriques, Théophile ? T'as pas fini de lambiner !

Il avait soudainement reçu une fourche dans la jambe. Il n'avait que 9 ans. Un commis juché sur une charrette était à l'origine de la blessure. Celui-ci n'avait pas eu l'intention de le viser. C'était un coup de colère, un coup de sang comme il en arrivait à ce garçon depuis qu'il avait participé à la guerre franco-allemande de 1870-1871.

Théophile l'avait bien compris, par la suite. Mais les moissons de cette fois-là lui avaient laissé un rude souvenir et une belle cicatrice !

Savoir sa sœur mariée le rassure, cependant. *Léopold n'a jamais eu à subir la même chose que moi, mais ça n'en fait pas un mauvais gars pour autant !*

– 24 –

La noce a lieu chez les Bertillac. Théophile s'occupe de la ferme de ses parents, mais il a été décidé d'un commun accord d'organiser le repas dans la cour des beaux-parents de Louise. Elle est l'image même de sa mère en mariée, avec sa longue robe blanche et sa couronne assortie, qui déclenchent des cris admiratifs. La mère de Léopold, Hortense, est émue d'entendre son fils consentir à prendre Louise pour épouse.

Après la cérémonie, madame Bertillac mère se trouve un moment seule avec Louise.

— Tiens, ma fille ! J'ai grand plaisir à t'offrir ce globe, afin de préserver ton bouquet et ta couronne.

Instant d'émotion. Honorine avait reçu un globe semblable lors de son mariage. Petite fille, Louise avait souvent demandé à sa mère de lui montrer les objets conservés dessous.

Le père de Léopold n'espère qu'une chose : que son fils s'assagira au contact de son épouse. Plus de présence régulière au travail, moins d'argent dépensé au jeu, des amis plus fiables que ceux qu'il a eu l'occasion d'apercevoir lors d'une course au bourg. Il sait qu'il ne peut pas compter sur sa propre épouse pour le soutenir : elle a toujours renfloué les dettes de jeu de leur fils Léopold. *Je prie pour que Louise lui apporte la stabilité dont il a besoin. J'apprécie la jeune femme, et je ne voudrais pas que Léopold la rende malheureuse.*

Le repas de noces est réussi. Le vin, mis en bouteille par les parents Bertillac, coule à flots, les mets se succèdent, accompagnés de rires, chants et histoires plus ou moins égrillardes. Les danses prennent le relais. Ventres trop lourds des plus âgés, fatigue passagère vite oubliée grâce à de nouveaux intermèdes burlesques… La fête touche à sa fin, tandis que les jeunes mariés se sont retirés loin des regards indiscrets.

Sous le chaud soleil qui rayonne
Versant au monde sa gaieté
À travers les champs où raisonne
La bonne chanson de l'été
Voyez s'en aller dans l'espace
Ce couple beau comme le jour
Saluez, saluez, saluez,
Saluez, c'est l'amour qui passe ![6]

[6] *Alleluia d'amour*, Jean-Baptiste Faure, 1876.

– 25 –

C'est sans surprise que Théophile voit, quelques mois après le conseil de révision, les gendarmes lui apporter l'ordre de rejoindre sa caserne.

Il peut partir serein. Même s'il appréhende d'abandonner des lieux familiers pour des endroits plus hostiles.

Théophile s'apprête à quitter sa contrée natale pendant deux ans. Il sait qu'il va en souffrir. Cela va être une plongée dans un monde masculin dont il ne connaît pas vraiment les coutumes. Il a pu deviner à quoi ressemblait le monde dont les anciens conscrits lui ont vaguement parlé avec des sous-entendus, à leur retour du service militaire. Mais il est loin d'imaginer la brutalité des codes de vie auxquels il va être confronté. L'univers dans lequel il va devoir s'immerger va régir sa vie selon de nouvelles règles, des rites inhabituels qui vont lui faire amèrement regretter la campagne d'où il vient.

⁂

Le père Fauvier l'a emmené jusqu'à la gare la plus proche. Après un voyage en train au milieu d'autres conscrits, il s'est retrouvé à la caserne où il a réceptionné son paquetage, découvert sa chambrée et eu ses cheveux rasés. Il y aura des copains par la force des choses, mais Théophile préfère la solitude. Il gardera peu de contacts avec eux.

Il a ses classes à faire, puis, celles-ci terminées, il entrera dans une routine quotidienne que viendront rompre le son du clairon, la distribution de tabac, les sorties en ville, et les manœuvres, car il faut bien se préparer à reprendre un jour l'Alsace et la Lorraine !

Il n'y aura plus que la quille à attendre.

Ses champs, ses terres vont lui manquer.

Il s'inquiète du temps qu'il fait au pays, avec un mois de juillet très chaud, et surtout une vague de chaleur qui va persister de juillet à septembre. L'été 1911 est le plus chaud depuis, au moins, 1851. De nombreux cours d'eau sont à sec. Il pense à ses champs desséchés, à ses bêtes assoiffées. Louise lui donne des nouvelles et semble prendre les choses en main. Elle a obtenu l'aide de journaliers. Mais il voudrait être auprès d'elle pour la soutenir.

Cette sécheresse est suivie par un hiver extrêmement doux, et un été 1912 frais et humide.

Il est de retour au pays en juin 1913 et participe aux moissons dans une ambiance automnale. Mais il préfère cela, ainsi que les pluies diluviennes et les orages parfois destructeurs, aux heures occupées à attendre que le temps s'écoule, ou à être dans l'obligation d'obéir à la discipline militaire, qui lui enseigne le maniement du fusil. Corvées, exercices en tous genres, marches forcées, ordres hurlés, tout cela fait heureusement partie du passé.

Il s'en réjouit, d'autant plus que sa sœur, Louise, attend un bébé.

Il contemple ses champs de blé, et se met à chanter à tue-tête la *Chanson des blés d'or.*

Mignonne, quand la lune éclaire
La plaine aux bruits mélodieux,
Lorsque l'étoile du mystère
Revient sourire aux amoureux,
As-tu parfois sur la colline,
Parmi les souffles caressants,
Entendu la chanson divine
Que chantent les blés frémissants ?[7]

Oui ! Il emmènera sa bien-aimée au soleil couchant pour écouter la rumeur des blés caressés par la brise du soir. Un chant dont il ne se lasse pas, ne se lassera jamais.

[7] Paroles de Camille Soubise, 1882.

– 26 –

Louise est occupée à ramasser du bois pour la cuisine. Il fait frais, elle est emmitouflée dans un grand châle pour affronter une averse. Les températures sont basses en ce jour de début octobre.

En voyant le visage de sa belle-fille, rapidement de retour, la mère de Léopold comprend vite que la naissance s'annonce.

— Viens, ma fille. Je vais t'aider.

Elle conduit Louise à sa chambre et l'aide à s'allonger. Elle hèle son fils :

— Léopold ! Va prévenir la sage-femme !

Elle s'assied près de sa bru pour lui tenir la main. Louise aurait voulu sentir celle de sa propre mère pour la réconforter. Mais elle apprécie néanmoins la présence de sa belle-mère.

— N'aie crainte, Louise. Je m'occupe de toi. Voilà des linges que j'ai trouvés dans ton armoire. Je vais faire bouillir de l'eau. Ah ! Ne pas oublier des bassines !

Quand la sage-femme arrive, tout est en place pour accueillir le nouveau-né. Louise repense à ce que dit l'Église. Elle sait qu'elle doit se résigner et supporter les douleurs. Elle sait aussi qu'accoucher n'est pas sans risque, alors, pour toutes ces raisons, elle prie, tandis que son mari essaie de se changer les idées en allant panser les chevaux.

— J'ai peur, vous savez. Et si je mourais en couches, si j'attrapais la fièvre puerpérale ?

Elle a lu qu'une fièvre terrible pouvait surgir après l'accouchement, provoquer des frissons, des maux de tête. S'y ajoutaient des douleurs de ventre et des saignements. Ce qui aboutissait à la mort.

— Oui ! S'il m'arrivait de mourir ?

Elle s'interrompt pour faire entendre des gémissements.

Ses plaintes vont croissant à mesure qu'elle sent les douleurs lui vriller régulièrement le ventre.

— Je n'y parviendrai pas ! Non ! Je ne vais pas y arriver !

Elle jette des regards affolés de tous côtés, s'accroche au bras de sa belle-mère.

— Mais si, tu y arriveras ! Comme nous toutes ! Respire entre deux poussées ! Et n'aie pas peur de crier !

De longues heures de travail, les encouragements de la sage-femme, des linges imbibés de sang…

— Encore, Louise ! Tu y es presque ! Encore un effort ! Pousse ! Ça y est ! Je vois le crâne ! Allez ! Encore un effort !

Louise fait entendre un hurlement au moment où elle expulse le nouveau-né.

Un cri auquel répond celui de l'enfant venu au monde.

— C'est fini, Louise. Tu as bien poussé. Tu n'as même pas été déchirée ! Et regarde le fruit de ton travail : tu as une belle petite !

Louise, épuisée et transpirante, renverse la tête sur l'oreiller. Elle a juste le temps d'apercevoir le petit corps tout fripé qu'on lui laisse rapidement toucher avant que la sage-femme l'emporte dans la pièce à côté et lui donne les premiers soins.

L'émotion de la jeune maman est trop forte. Elle pense à sa propre mère, et se met à pleurer.

— Il faut que ce soient des larmes de joie, Louise ! Tout va bien.

Léopold a entendu les vagissements du nouveau-né, lui aussi. Il arrive en courant jusqu'à la chambre, tout attendri d'apercevoir une petite forme emmaillotée de blanc dans les bras de son épouse.

— Léopold ! Te voilà père à présent !

Sa mère s'adresse à lui la voix tremblante, émue devant l'allure gauche de son grand fils.

Louise est heureuse de voir son époux auprès d'elle. Toutes ses craintes se dissipent, son angoisse s'apaise. Elle peut admirer la frimousse de Léonie Honorine Hortense, profondément endormie dans les bras maternels, un petit béguin en toile fine posé sur la tête.

La jeune femme observe les arbres s'agiter derrière la fenêtre de la chambre.

Toutes les douleurs ressenties en valaient la peine. Louise sent une bouffée d'amour l'envahir pour ce petit être qui vient à la fois bouleverser et adoucir sa vie.

– 27 –

Les temps ont changé. Louise n'est pas absente au baptême, elle n'est pas obligée de respecter les coutumes d'autrefois qui considéraient la jeune mère comme impure.

— De toute façon, j'aurais refusé d'obéir au rite des relevailles ! Je ne me serais pas habillée en blanc et je ne me serais jamais présentée devant le prêtre en tenant un cierge ! Vous pouvez en être sûrs ! Comme si l'accouchement était une souillure... Heureusement que tout ça fait partie du passé !

L'arrivée de Théophile met un terme à sa colère.

— Si tu savais comme je suis heureuse de te savoir le parrain de Léonie, Théophile ! Mais en guise de marraine, je ne vois que la mère de Léopold. Cependant, pas question de faire une grande fête. Trop de malheurs se sont abattus sur la famille. Nous voulons une petite cérémonie toute simple !

C'est ainsi que Léonie est présentée sur les fonts baptismaux par son oncle Théophile, à la fois ému et fier du rôle qu'il doit jouer. Il se sent comme responsable de l'âme de sa nièce.

Léonie se contente de fixer calmement cet oncle au bord des larmes. Il n'y a que l'eau bénite versée sur son front qui donne à la fillette l'occasion de se manifester.

⁂

Louise fait comme sa mère avant elle, elle emmène sa petite fille partout dès que cela devient possible. L'enfant lui ressemble, tout comme elle ressemble à sa grand-mère Honorine, notamment en ce qui concerne le nez, marque de fabrique des femmes de la famille : un nez retroussé que l'on se transmet de génération en génération.

Elle donne à Léonie ses jouets personnels, pieusement conservés dans un coffre en bois, sculpté par son père à la naissance de Théophile. S'y est rajouté un hochet avec un petit tambour en fer-blanc contenant quelques graines séchées.

Léopold a pris le temps de confectionner à Léonie un système en bois qui la maintient sous les bras et lui permet d'avancer en même temps sans risquer de tomber. Il est fier de la voir se diriger vers lui grâce à ce moyen de locomotion.

En dépit de cela, et malgré le bonheur que lui procure la naissance de sa fille, Léopold s'absente plus souvent depuis que Louise est de nouveau au travail. Le père Bertillac bougonne souvent après son fils :

— Je ne serai pas toujours là, Léopold ! Un jour, il faudra que tu fasses marcher l'atelier sans moi.

Léopold se contente de courber l'échine. Louise pense que son beau-père a raison. Ce n'est pas faute de lui faire de la morale. C'est elle qui tient les comptes, car elle a vite compris que son mari avait constamment besoin d'argent.

— Tu as une famille à charge, maintenant ! Tu dis que tu m'aimes, alors prouve-le !

Léopold agit comme à son habitude : il baisse la tête et reste silencieux.

– 28 –

La vie reprend son cours en suivant le rythme des saisons et des travaux de la terre qui les accompagnent. Louise est retournée à l'asile pour s'enquérir de l'état de santé de sa mère et des sommes à verser pour payer sa pension. Tout a été réglé par Gervais pour de nombreuses années.

— C'est peut-être la seule chose bien que l'on puisse retenir de lui !

— Louise, mets-toi dans la tête que ce n'est pas par bonté d'âme. Il voulait s'assurer qu'il serait à jamais débarrassé de notre mère !

— En tout cas, elle passe son temps à dessiner sur tout ce qu'elle trouve. Tu te souviens des jolis motifs qu'elle traçait pour ses broderies ? Il y a un docteur qui l'autorise à le faire aussi souvent qu'elle en éprouve le besoin. Je l'ai vu. Il me dit que c'est une excellente thérapie, et que maman a un sens artistique inné. Il lui fournit du papier. Mais elle ne me reconnaît toujours pas.

Théophile peut sentir de la détresse dans la voix de sa sœur. Il décide alors de lui annoncer une bonne nouvelle : il a rencontré quelqu'un qu'il a bien l'intention d'épouser en juin de l'an prochain.

— Je te la présenterai bientôt.

— Si tu savais comme je suis heureuse pour toi. Ne tarde pas à en parler aux grands-parents. M'est avis que si l'un d'entre eux s'en va, l'autre le suivra dans la mort !

Louise ne croit pas si bien dire : les parents d'Honorine décèdent à deux jours d'intervalle, deux semaines après avoir fait la connaissance d'Armelle, une fermière un peu plus âgée que Théophile, originaire d'un petit village voisin.

Le jour de l'enterrement, les deux bières sont hissées sur la plate-forme du véhicule.

Il s'agit d'une grande charrette à quatre roues. Peinte en noir, elle est décorée de croix argentées et couverte d'une sorte de dais. Lui-même est bordé d'une bande de tissu festonné et repose sur des colonnes. Des couronnes sont suspendues sur les côtés. Louise et Théophile saisissent, à ce moment-là, une des cordes torsadées qui pendent des quatre coins du corbillard. Ils vont être peu nombreux à le suivre. Les amis des défunts, vu l'âge avancé de ces derniers, sont pour la plupart eux-mêmes décédés et les attendent au cimetière. Quant aux plus jeunes, ils ne savaient même pas que Louise avait encore ses grands-parents. Ceux-ci ne sortaient plus, Louise se chargeait de tout.

Tout paraît lugubre. L'idée que Maryse et Léonce soient morts sans avoir revu leur fille Honorine lui est insupportable. La vieillesse les a emportés, mais la lourdeur de leur chagrin a vraisemblablement joué un grand rôle.

— La vie est injuste, Théophile.

Ils se soutiennent mutuellement. Léopold se joint à eux deux, et tous les trois parviennent au cimetière en se serrant les uns les autres afin de réchauffer leurs cœurs.

La solitude dans laquelle se déroulent les funérailles étreint celui de Louise. Elle aimerait tellement ne pas gagner sa dernière demeure sans être accompagnée par d'autres parents et amis.

Il est plus sage pour elle de ne pas y réfléchir plus longuement.

– 29 –

Le mariage de Théophile et Armelle est prévu pour septembre 1914. Une année bien perturbée par les conditions climatiques.

L'hiver semble interminable depuis la fin de l'année 1913. Il ne dégèle plus sur la plupart des régions. Il faut endurer la vague de froid accompagnée de la neige qui tombe en abondance et s'installe durablement. Puis le travail de la terre est ralenti par les intempéries qui sévissent avec le redoux qui suit. Le temps est plutôt maussade. Cela ne met pas de frein au labeur quotidien : les vaches attendent la traite, les bêtes doivent être nourries, le jardin potager entretenu…

En allant vendre les produits de la ferme au bourg, Louise entend beaucoup parler des événements politiques du moment, dont l'assassinat d'un archiduc et de son épouse. Elle a cru comprendre qu'un nationaliste serbe était responsable du double meurtre.

— Ça va conduire à une déclaration de guerre contre la Serbie ! disent certains.

Les rumeurs se répandent, et les tensions entre les pays alimentent les conversations. Beaucoup commencent à agiter le spectre de la guerre.

— S'il y a des alliances, ça va toucher toute l'Europe !

Mais, de retour dans son village, elle a d'autres impératifs, dont celui de veiller sur sa petite Léonie, qu'elle a laissée à la garde du père Fauvier et qu'elle a bien l'intention d'aller présenter un jour à sa mère. Même si la présence de l'enfant n'évoque rien à cette dernière. Elle le fera plus pour elle-même, un besoin de se voir toutes les trois côte à côte, de se donner l'illusion que trois générations se retrouvent unies l'espace d'un moment.

Survient alors l'assassinat de Jaurès. Quelqu'un lui raconte avoir lu dans un journal que le tribun socialiste souhaitait empêcher l'éclatement d'une guerre.

— Sa mort n'augure rien de bon !

Mais tout cela ne dit pas grand-chose à Louise. Elle ne s'est jamais préoccupée de politique.

La mort de Jean Jaurès a lieu la veille du jour où Louise décide de partir de bon matin pour aller voir sa mère. Elle s'impose de lui rendre visite une fois par mois. Au détour de l'allée qui traverse le parc de l'asile, elle aperçoit Honorine assise à côté d'une autre pensionnaire. Louise l'a déjà saluée. La femme prénommée Marianne ne lui répond qu'avec un sourire.

Louise a appris par un infirmier que Marianne était dans cet état depuis la naissance de son premier enfant. Une dépression postnatale que l'on n'a pas su soigner. On a pensé que le fait de mettre au monde un deuxième enfant pourrait inverser le phénomène. Le résultat a été pire. Marianne est internée sans avoir le moindre souvenir des enfants qu'elle a portés.

Louise en a parlé à Théophile le jour où elle a rencontré Marianne pour la première fois.

— Comme maman, sauf que notre mère garde en mémoire une partie de sa vie. Ses dessins en témoignent. Mais pour Marianne, on ne peut pas savoir puisqu'elle n'a jamais communiqué en dehors du « Bonjour, Monsieur » adressé à son fils Jean. Qui a les mêmes yeux bleus qu'elle. Il paraît que c'était une jeune fille de bonne famille, plutôt lettrée, qui avait l'habitude d'aller à la messe le dimanche. Elle lisait beaucoup, jouait du piano…

— Comment sais-tu tout ça ?

— L'infirmier me l'a confié. Il semble m'apprécier. Et ne va pas me dire que c'est mon charme qui agit. Non ! Je crois qu'il éprouve le besoin de parler. Ce ne doit pas être drôle tous les jours de travailler dans cet établissement au milieu des aliénés.

***

Louise est de nouveau en présence de Marianne. Cette dernière est assise auprès de la mère de la jeune femme par une journée agréable.

Elle les rejoint et les salue, tout en sachant d'avance qu'elle n'obtiendra aucune réponse. Tout au plus un sourire accompagné d'un regard absent.

Marianne est habillée chaque fois d'une blouse à carreaux bleue, chaussée de charentaises marron, et coiffée d'une barrette sur le côté pour retenir ses cheveux blonds, mi-longs. Ses yeux très bleus sont emplis de tristesse. Elle semble intriguée par les dessins d'Honorine, que cette dernière lui exhibe l'un après l'autre sur le banc.

Louise se contente de s'asseoir près d'elles. Elles ne lèvent pas la tête. Louise prend chaque dessin puis le repose. Des scènes champêtres, des rassemblements familiaux, des fermes..., avec, parmi elles, celle dont elle s'occupait autrefois. Oui ! C'est bien la ferme des Druard qu'Honorine a reproduite de mémoire. Louise en a les mains tremblantes et sent l'émotion la gagner.

— Alors, tu te souviens de notre maison, maman ? Dis-moi que tu t'en souviens !

Mais aucune réponse ne lui parvient. Les deux femmes continuent de regarder les dessins en silence. Louise pourrait être absente, cela ne changerait rien à leur occupation. Elles ne lèvent pas la tête au moment où Louise s'apprête à partir. Il n'y a que le son de la cloche pour les faire réagir. Elles savent alors qu'elles doivent regagner l'intérieur du bâtiment.

Au même moment, un bruit semblable lui parvient de loin. Ce n'est pas le son que fait habituellement entendre l'asile. On dirait le tocsin. Qui ne cesse de tinter lugubrement. Louise a les sens en alerte. Il est, dans les esprits, associé à la mort. Elle décide de reprendre la route.

Elle roule sur des chemins entre les champs qui semblent avoir été désertés à la hâte, les fourches laissées à l'abandon, les paniers de pique-nique éparpillés... Ce qu'elle voit lui donne l'impression de moissons brusquement interrompues. Elle peut aussi deviner parfois le roulement du tambour en plus de la cloche d'une église. *Mais qu'est-ce qui se passe ?* Elle va le savoir en s'arrêtant au milieu des habitants qu'elle aperçoit, rassemblés devant la mairie du bourg traversé, occupés à lire des panneaux.

Ce 1er août 1914, en milieu d'après-midi, le glas alerte ainsi les populations qui découvrent une affiche collée aux portes des mairies. Dans les petits villages, les gens sont réunis autour du garde-champêtre, dont la voix tonitruante rend le moment encore plus solennel et dramatique.

Après avoir frappé longuement ses baguettes sur son tambour, l'homme énonce le contenu des affiches qui sont apposées à travers tout le pays.

Il y a une période de mutisme tandis que tout le monde l'écoute, laissant la stupeur s'accroître à mesure que progresse la lecture de l'annonce publique.

— Par décret du président de la République, la mobilisation des armées de terre et de mer est ordonnée, ainsi que la réquisition des animaux, voitures et harnais nécessaires au complément de ces armées. Le premier jour de la mobilisation est fixé au 2 août 1914…

Après un silence attentif, ceux qui ont soudainement pris conscience de ce qui venait d'être lu s'écrient :

— C'est la mobilisation générale ! C'est l'ordre de mobilisation générale !

La phrase ne cesse d'être répétée, fait le tour de la foule sous le choc de la nouvelle. Pour beaucoup, c'est de la consternation plutôt que de l'enthousiasme. Puis, un fort sentiment de résignation : chacun a le sens du devoir à accomplir.

La cohue est immense. Des femmes éclatent en larmes. Des lamentations s'élèvent.

— Mon Dieu ! Nos hommes vont partir se battre ! Nous allons connaître la guerre. Mais ce n'est pas possible ! Qu'allons-nous devenir ?

Les événements des derniers temps étaient bien les prémices de ce qui est en train de se dérouler. Le malheur est à l'œuvre. Il va s'étendre et briser des existences, réduire à néant des projets de vie en commun…

Louise a compris que le moment est grave. Lorsqu'elle atteint son village, elle croise des femmes au visage fermé. Elle se hâte de pénétrer dans la ferme familiale. C'est un homme abattu qui lui tombe dans les bras, et sa belle-mère est en larmes dans ceux de son époux.

Louise ne peut encore imaginer à quel point ce qui se profile va bouleverser leur vie à tous. Y compris la sienne.

– 30 –

Chaque réserviste sait qu'il doit répondre à l'appel, qu'il soit d'active, de réserve une fois son service militaire accompli, ou de territoriale, c'est-à-dire en poste à l'arrière, occupé à des tâches qui ne relèvent pas du combat. Les hommes ont consulté leur livret pour suivre les indications données.

Le lendemain de l'annonce voit déjà des individus, rappelés sous les drapeaux, partir à pied, ou sur des carrioles, ou encore à bord de charrettes et chars à bancs, pour rejoindre la gare la plus proche, où ils sont tenus de prendre le train désigné par le chef de gare.

Un train qui les mènera jusqu'à leur lieu de stationnement. Là, on leur remettra leurs uniformes et leurs armes. Ils sont pour l'instant dans l'ignorance de leur destination.

Arrive le jour où Théophile doit les quitter.

— Il faut que j'y aille. Après, je vais louper mon train.

Il s'apprête à rallier la gare et effectuer son deuxième grand voyage loin de sa contrée. Il s'imagine bien partir dans l'Est, mais ne sait rien de l'endroit où il sera débarqué.

Il est allé embrasser sa future épouse avant de se laisser conduire par le père Fauvier. Il a demandé à Louise de ne pas venir. Ils se sont serrés, fort et longuement. Louise veut garder l'empreinte de son frère pendant cette absence qui, leur avait-on assuré en haut lieu, ne devrait être que de courte durée. Son frère serait très rapidement de retour.

Armelle a pleuré, Louise a réussi à se contenir, mais toutes les deux, comme des milliers d'autres femmes du pays, savent que l'existence ne sera plus jamais la même.

Le père Fauvier a perdu un ami engagé volontaire pendant la guerre de 70.

Il a eu l'occasion de lire un courrier de sa part, dans lequel il évoquait les Uhlans.[8] Cet ami lui avait décrit comment, dans la campagne, les Allemands avaient réquisitionné de la paille, du foin, du grain, du bétail, et commis toutes sortes d'exactions, pillant et pratiquant la politique de la terre brûlée. Il lui avait parlé de l'armée prussienne avec les landwehrs[9] et leur shako[10] à visière. Les hommes mobilisés vont affronter des Uhlans à leur tour, comme ceux que certains anciens avaient aperçus dans les environs lors de la guerre précédente.

— Des silhouettes sombres, effrayantes, juchées sur leurs chevaux ! J'en ai vu de mes propres yeux, là-haut sur la colline ! lui avait raconté sa grand-mère.

— Une guerre est toujours une guerre. Sa durée ne change rien à l'affaire.

Ce sont les seuls mots prononcés par le père Fauvier pendant le trajet. Arrivé à proximité du bourg, il a laissé Théophile finir à pied.

— Prends soin de toi, fils ! Et reviens-nous !

Lorsque Théophile a voulu lui faire un dernier signe, l'attelage avait disparu.

Autour de lui, c'est une cohue indescriptible. Des drapeaux tricolores sont agités par de jeunes enfants et les futurs combattants, des chants patriotiques s'élèvent par intermittence :

La victoire en chantant

Nous ouvre la barrière...

Certaines voix s'élèvent plus haut que d'autres, comme si elles cherchaient à convaincre les futurs combattants de la nécessité de chanter plus fort, afin de galvaniser tous ceux présents.

Un Français doit vivre pour elle

Pour elle, un Français doit mourir.

Les voix s'arrêtent, puis reprennent à l'unisson. Mais il y a surtout beaucoup de larmes, de recommandations faites par des femmes à leur mari, fils ou frères...

---

[8] Cavaliers armés de lances dans les armées germaniques.

[9] Milice de défense.

[10] Couvre-chef militaire.

On se serre, on s'embrasse, on pleure, on se murmure des paroles de réconfort, des derniers mots d'amour. On voudrait retenir l'autre, s'accrocher à lui pour l'empêcher de partir.

— Ils vont voir, ces sales Boches ! On va les mater !

— Mais il y a encore tant de travail ! Comment tu vas te débrouiller pour nourrir tout le monde ?

— Je ne vais pas être là au moment de ton accouchement ! Tu lui parleras de moi, hein ?

— Qui va s'occuper de toi, maman ? Tu n'aurais même pas dû venir jusqu'ici. Rentre vite ! Ne t'inquiète pas ! Je t'enverrai ma solde dès que possible.

— Papa ! Papa ! J'veux pas que tu partes !

— Dis, papa ! Tu reviendras avec une médaille ?

— Serre-moi ! Serre-moi fort !

L'enthousiasme de beaucoup, prêts à se battre pour la patrie, ne parvient pas à éliminer la tristesse, la consternation et la résignation ambiante. Tout le monde a le sens du devoir à accomplir, mais le chagrin est immense.

Après avoir éprouvé les douleurs de l'enfantement, de nombreuses femmes s'apprêtent à souffrir une deuxième fois en déposant l'être aimé non plus dans un berceau, mais dans un cercueil, non plus en l'enveloppant de langes protecteurs, mais en le recouvrant d'un linceul.

– 31 –

« *Des entrailles du peuple, comme des profondeurs de la petite et grande bourgeoisie, des milliers de jeunes gens, tous plus ardents les uns que les autres, quittant leur famille, sans faiblesse et sans hésitation, ont rallié leurs régiments, mettant leur vie au service de la Patrie en danger.* »[11] Le président de la République a su trouver les mots pour susciter l'élan patriotique. Le président du Conseil également. Il se veut même rassurant, clamant haut et fort que se mobiliser ne signifie pas partir en guerre, mais simplement prouver que le peuple français reste digne et vaillant, uni pour défendre son honneur. Qui, parmi les hommes du pays, ne serait prêt à protéger la patrie en danger ? À montrer sa bravoure ?

À la fin du mois d'août, plusieurs milliers de jeunes gens, dont beaucoup d'entre eux proviennent des campagnes, ont déjà trouvé la mort. Partout, ce sont les mêmes plaintes.

— Je voudrais bien qu'on arrête un peu de marcher ! Je suis épuisé !

— Ouais, t'as raison ! La chaleur est insupportable, et mes pieds n'en peuvent plus !

— Y pourraient comprendre qu'on veut un peu de repos !

— Et vous trouvez pas qu'avec nos pantalons rouges, on est visibles de loin ? J'ai encore perdu un de mes meilleurs potes hier ! Mais qu'est-ce qu'on fout là ? Tu parles d'une guerre éclair !

Les troupes françaises sont massacrées par les Allemands qui, le 2 septembre, sont à quarante-cinq kilomètres de la capitale.

***

Louise n'est qu'un exemple parmi d'autres de toutes ces femmes qui vont combattre et résister à leur manière.

---

[11] Raymond Poincaré, 1er août 1914.

— Il va falloir qu'on assume le travail laissé par les hommes, notamment celui des moissons. Il faut les mener jusqu'au bout. On n'a pas d'autre choix que celui de nous lever et de remplacer au travail les hommes partis se battre.

Elle essaie d'encourager les femmes des fermes voisines.

— Ils ne sont plus là pour cultiver la terre, l'ensemencer, puis rentrer les récoltes. Il nous revient de le faire à leur place. Essayons de montrer que nous sommes déterminées. Nous allons combattre à notre manière !

Louise sait que la tâche va être lourde. Mais elle est bien décidée à prendre en main le travail abandonné par Théophile, en demandant l'aide des adolescents les plus âgés. Les mots de son frère occupent ses pensées en permanence.

— *Prends soin de toi, Louise. Et de ta fille. Je veux pouvoir vous tenir dans mes bras à mon retour. N'aie pas peur ! Je reviendrai vite, et je ferai tout pour qu'il ne m'arrive rien !*

Armelle, jeune femme brune de petite taille à l'air déterminé, est venue voir Louise pour exprimer sa colère et son désespoir.

— Mais nous devions nous marier ! Qu'est-ce qu'on va faire, maintenant ?

— Éviter de trop penser et nous serrer les coudes. Tu as vu tout ce que nous devons faire sans l'aide des hommes ?

— Tu as de la chance de garder ton Léopold !

— Ne sois pas amère. Il sera convoqué un jour ou l'autre.

Louise ne croit pas si bien dire.

– 32 –

La mère de Léopold est en larmes. Elle ne comprend pas. Son fils doit partir alors qu'il est chargé de famille.

— Mais sa fille n'est encore qu'un bébé ! Il dit qu'il s'est engagé volontairement ! Qu'est-ce qui lui a pris ?

— Il est demandé dans un bataillon de chasseurs à pied. Pour m'amuser, il m'a expliqué que les Allemands les surnommaient *les diables bleus*. Sans doute pour me faire croire que l'ennemi allait les craindre, lui et ses camarades. Je suis comme vous, je ne comprends pas, lui répond Louise.

Il va donc partir en campagne, vêtu de sa tenue de drap gris de fer bleuté, composée d'un pantalon pris dans des jambières noires, d'une veste courte et d'un manteau. Sur la tête, sa tarte[12] décorée d'un cor de chasse, qui protège le visage des conditions climatiques et, le soir au bivouac, lui permet de se réchauffer les pieds grâce à sa grande taille.

Il va sans doute avoir l'occasion de se montrer plus glorieux que dans la vie active, et retrouver l'esprit *chasseur*, et sa notion d'honneur. Léopold devra être capable de se battre avec panache et bannir le mot médiocrité de son vocabulaire. Ce n'est que dans ces conditions qu'il saura s'affirmer digne d'appartenir aux chasseurs à pied.

Ce que Léopold n'ose pas avouer à Louise, c'est qu'il s'est engagé sous la contrainte. On ne lui a en fait pas laissé le choix. S'il ne part pas, il fera au moins un an de prison en raison de vols commis dans le bar où il aime retrouver ses compères.

Il se réfugie là-bas deux fois par semaine pour s'échapper du cadre familial qu'il trouve de plus en plus pesant à mesure que le temps passe. Sa mère le renfloue, mais ça ne suffit pas.

[12] Béret plat.

Son père n'est jamais satisfait de son travail. Quant à Louise, elle le contrôle en permanence. Il aime jouer, perd souvent et accumule les dettes de jeu. Alors, il a pris de l'argent dans la caisse à plusieurs reprises. Le patron, un homme trop âgé pour aller sur le front, s'est mis à surveiller ses clients. Il s'est aperçu que l'argent de la caisse diminuait le lundi et le vendredi, au moment où il passe à l'arrière-boutique pour installer la salle de jeu qui lui sert de chambre le reste du temps. Il lui a fallu un moment avant de prendre Léopold sur le fait.

Ce dernier lui a expliqué qu'il était dans de beaux draps.

— Alors, je te mets le marché en main : si je te dénonce, ce sera la prison. Tu ne l'éviteras que si tu choisis la solution de t'engager.

Il a en tête les mots du patron.

— Tu devrais avoir honte de te comporter comme ça ! Ce ne sont pas les jeunes gars partis se battre qui agiraient de cette façon ! Eux sont prêts à se sacrifier, tandis que, toi, tu restes planqué et tu te fais voleur !

Léopold a été touché au vif. Il va partir.

Il finit par tout confesser à Louise.

— Je reviendrai, Louise. Je te promets que je changerai !

— Tu ne prends même pas conscience que tu as une fille à élever !

— Si, mais c'est plus fort que moi, il faut que j'aille jouer. Je vais me soigner. Je te jure que je ferai ce qu'il faut dès mon retour. Je te demande pardon.

— Va plutôt demander pardon à ta mère !

***

Le père de Léopold conduit sa carriole sans dire un mot. Il emmène son fils à la gare du bourg par une matinée sombre d'automne. Louise et sa belle-mère se sont serrées l'une contre l'autre pour les voir partir et les suivre du regard jusqu'à ce qu'ils disparaissent, enveloppés par le manteau de brume tenace qui flotte sur les terres depuis un certain temps. Léonie dort encore. Elle a dit au revoir à son père la veille au soir.

— Je vais m'absenter quelques mois, Léonie.

— Comme oncle Théophile ?

— Oui, mais je reviendrai vite.

Léonie est allée se lover dans les bras de son père pour qu'il la porte au lit. Il lui a lu une histoire pour l'aider à s'endormir.

Pas un mot n'est échangé entre le père Bertillac et son fils pendant tout le trajet. Ils arrivent à destination. Léopold descend du véhicule. Son père le retient alors par la manche.

— Ne joue pas au héros, Léopold ! Pense à la petite Léonie.

Léopold sent sa gorge bloquée quand il veut lui dire qu'il regrette. Aucun son ne parvient à sortir. Mais le regard qu'ils échangent montre l'affection que chacun ressent pour l'autre sans jamais avoir été capable de l'exprimer.

– 33 –

Comme toutes les femmes des soldats mobilisés, Louise assure la survie de sa famille. Elle s'occupe de sa ferme et du travail aux champs, aidée par les anciens toujours valides et les plus âgés des enfants. Ce qui n'est pas encore le cas de Léonie, qui peut continuer de jouer avec son âne, Frondeur, appelé ainsi en raison de la façon dont il regarde les gens en refusant d'accomplir ce qu'on lui demande. C'est une idée de Léopold. Léonie a donc un compagnon qui, arrivé à sa naissance, va, avec le temps, pouvoir écouter toutes ses histoires, ses chagrins, ses confidences.

Armelle et Louise labourent, sèment, fauchent…

— C'est trop dur, Louise. Je n'ai pas suffisamment de force.

— Moi aussi, je suis éreintée, Armelle. Mais il n'y a pas moyen d'échapper à tout ça ! Le travail ne peut pas être remis au lendemain !

Arrive l'automne.

Plusieurs femmes sont rassemblées autour de Louise. Elle fait figure de meneuse. On écoute ce qu'elle dit.

— Il va falloir amender le sol avec du fumier avant de procéder aux labours. Je propose qu'on s'unisse toutes pour remplacer les chevaux de trait et les bœufs réquisitionnés par l'armée. Comme ça, on pourra s'atteler à la charrue pour tracer les sillons.

Les autres acquiescent.

— Oui ! C'est une bonne idée !

— Il faut qu'on s'organise et planifie tout : il y aura la plantation des pommes de terre et des betteraves fourragères au printemps, entre les semailles et la fenaison. En été, ce seront de nouvelles moissons. Quand arrivera l'automne, il faudra arracher les pommes de terre et, un peu plus tard, les betteraves.

— Il y a du labeur, mais on y arrivera ! ajoute Armelle, ragaillardie par l'enthousiasme de Louise, et le soutien des autres femmes.

Moisson, sarclage, fenaison… À elles de continuer de faucher, semer, récolter, nourrir, traire…

Louise et Armelle entretiennent les parcelles de la famille Druard. Les parents d'Armelle sont habituellement occupés à l'atelier de charron du père, qui répare roues, ferrailles des chars à bancs, tombereaux, charrues, brouettes… Mais le père est parti à la guerre, lui aussi. Armelle est dans l'obligation de seconder sa mère qui possède un potager, une ruche et des arbres fruitiers. Les revenus vont diminuant, l'entraide est d'autant plus nécessaire. Elles n'hésitent pas à exercer le troc et la vente directe, mais la nourriture est faiblement calorique (soupes, pain de seigle et de millas). Pour améliorer cette nourriture, elles développent encore plus leurs élevages de poules, oies, lapins, canards.

Il faut tout faire pour éviter la pénurie : fourrage et grains pour les animaux, blé et farine pour la famille. Il est impératif d'être très vigilant.

Les enfants les aident quand leur taille et force le permettent.

Léonie observe avec envie les plus grands qui, dès qu'ils ont un moment de liberté, imitent les adultes dans des jeux guerriers. Ils sont, eux aussi, mobilisés par le conflit. L'exaltation du sentiment patriotique se fait à travers les jouets, les lectures et les leçons à l'école. Il y a des puzzles, des jeux de l'oie, des panoplies, de l'armement de guerre en bois. Cela s'est toujours fait, mais, ce qui est nouveau, c'est la représentation des objets avec des figures allemandes, des casques à pointe.

— Toi, t'es un Boche. On dira que je t'ai fait prisonnier.

— Non ! C'est toujours moi l'ennemi ! On change. Tu me passes ton arme.

Léonie observe les deux fils de la ferme à proximité. Ils courent, se poursuivent, se cachent, puis font semblant d'être blessés. Elle souhaiterait être une fausse infirmière pour soigner le garçon aux cheveux blonds. Elle l'aime bien.

— Heureusement que nous avons apporté nos poupées ! dit-elle à sa petite amie Lucie. Ils me cassent les oreilles à crier comme ça !

Ils sont à présent penchés sur leurs livres. Léonie est encore trop jeune pour profiter des histoires que les plus âgés de ses camarades se partagent. Elle a aperçu les fils de la ferme Bonnard en train de lire celles de Croquignol, Ribouldingue et Filochard, qui forment un trio rusé et peu soucieux des lois. Ils se régalent des récits faits au sujet de ces héros facétieux, ces *Pieds nickelés* prêts à tout pour prendre part à ce qui se déroule au sein de la nation et combattre l'ennemi. Ils s'identifient à ces personnages qui, grâce à leur ingéniosité et leur roublardise, parviennent à se moquer des Allemands. Ces derniers ne sont plus à leurs yeux que des benêts faciles à duper.

— Et celle-là, c'est qui ?

— C'est Bécassine. Elle est bretonne et c'est une bonne.

— Pourquoi elle vous amuse tant ?

— Parce qu'elle est capable de traverser la France jusqu'en Alsace, afin de découvrir la Bochie. C'est l'Allemagne. Tu comprendras mieux quand tu seras plus grande. Mais on peut te le prêter pour regarder les images, si tu veux.

⁂

Dans le même temps, Honorine continue ses dessins, qu'elle montre silencieusement à sa nouvelle amie, Marianne. Depuis quelques jours, ce qu'elle reproduit sur les feuilles de papier que lui fournit le médecin de l'asile s'éloigne des champs et des fermes qu'elle a coutume de représenter. On y voit des hommes au visage triste et parfois bizarre. Sans le savoir, Honorine met en image une guerre qui fait peu à peu son entrée dans la grande demeure où elle est établie depuis plusieurs années.

Elle ne sait pas que l'un d'entre eux pourrait être son fils, parti se battre depuis plusieurs mois, équipé de son uniforme, dont le pantalon bleu horizon remplace la culotte garance des débuts, bidon et quart en sautoir sur la capote dont les pans sont remontés afin de libérer les jambes pour la marche et éviter qu'ils traînent dans la boue ; il porte sur le dos son havresac contenant ses effets personnels, auquel sont accrochés brodequins de rechange, gamelle, couverture de campement, sans compter les cartouchières, les grenades… Non, Honorine ignore tout ça. Il y a bien des conversations autour d'elle, notamment celles des médecins en blouse blanche, qu'elle voit déambuler au milieu des blessés et qu'elle comprend mal :

— Ce sont des gaz à base de chlore, comme l'ypérite, que les Allemands utilisent pour asphyxier nos soldats dans les tranchées. L'ennemi sait profiter des conditions climatiques. Quand il y a une bonne orientation du vent, une chaleur limitée, une absence de pluie, cela permet au gaz de rester compact, de ramper juste au-dessus du sol, et de remplir les cavités.

— Il n'est donc pas étonnant qu'on puisse lire une telle terreur sur les visages de ces hommes !

— Oui ! Surtout que l'un d'entre eux m'a raconté qu'ils entendent le bruit des crécelles pour avertir de l'imminence d'une attaque au gaz.

— Ceux qui survivent à l'attaque ne sont pas sortis d'affaire, loin de là ! Ils toussent, crachent du sang. Leurs parois pulmonaires sont détruites, ça leur brûle la gorge et les yeux. Tous ces hommes ne peuvent plus respirer convenablement, à tel point qu'ils finissent par suffoquer !

— Allez savoir s'il n'y a pas des simulateurs parmi tous ces hommes.

— Vous exagérez !

— Eh bien, je pense que certains de ces soldats traumatisés sont des lâches qui ont perdu le sens du devoir patriotique ! D'ailleurs, on nous demande de les renvoyer le plus vite possible sur le front. Pour cela, il faut qu'on les isole, redresse leurs membres, et, si nécessaire, qu'on leur fasse subir des séances d'hypnose et d'électrochocs.

— Je ne suis pas du tout d'accord avec ces méthodes ! Nous ne sommes pas des barbares !

Honorine ne comprend pas exactement de quoi il s'agit. Alors, elle s'éloigne tandis que les médecins continuent d'échanger leurs points de vue.

⁂

Honorine est un regard innocent sur la guerre qui a éclaté à l'extérieur et a fait son entrée à l'asile par l'intermédiaire de ces soldats victimes d'obusite, un traumatisme dû aux explosions d'obus. Elle en voit qui tremblent de façon constante de la tête aux pieds, d'autres qui ne peuvent pas marcher sans vaciller. Ils ont la crainte du moindre képi aperçu dans les couloirs. Certains ont la moitié du corps paralysé, alors qu'apparemment ils n'ont rien, ou demeurent incapables de se relever de leur position accroupie. Il y a encore ceux qui sont pris de vomissements, ont les extrémités des membres tordus, ou se murent dans un silence tel qu'ils semblent coupés du monde qui les environne.

Honorine s'étonne d'en voir autant.

Beaucoup de soldats sont atteints de confusion mentale. Elle entend des infirmières parler des hommes qui sont toujours plus nombreux :

— Il n'y a pas d'institution spécifique pour les recevoir et les traiter. Ils sont déjà passés par les hôpitaux civils et militaires de l'arrière, à présent ils sont envoyés dans des asiles d'aliénés comme le nôtre. Voilà pourquoi on en a tant ! Jamais on n'arrivera à soigner tout ce monde-là.

— Tu l'as dit ! On a déjà des alcooliques et des dépressifs... En fait de héros, on a des pauvres hères !

Honorine dessine et dessine, encore et toujours, ces morts-vivants, ces mutilés du cerveau qui séjournent maintenant à l'asile, qu'elle aperçoit parfois en train de déambuler dans les jardins ou assis, inertes, dans des fauteuils. Qui ne se remettront jamais de ce qu'ils ont subi. Pour certains, à jamais plongés dans la surdité en raison du vacarme de la guerre.

– 34 –

Le conflit en est à sa deuxième année.

— Vous n'avez toujours pas de courrier pour moi ?

— Toujours rien !

— C'est que je n'ai pas eu de nouvelles de mes hommes depuis des semaines !

Puis, un jour, le garde-champêtre lui tend la missive tant attendue. Elle connaît bien le père Michaud. Ses cheveux blancs et ses joues sillonnées par le temps écoulé indiquent clairement son âge avancé. Sa maigre silhouette chevauche chaque jour un vélo familier à tous les enfants : il en a promené plus d'un sur son cadre, une fois sa tournée terminée. Il n'aime pas son métier du moment ; trop de messages porteurs de malheurs. Celui qu'il s'apprête à remettre à Louise lui éclaire sa journée.

— Tiens, Louise ! Voilà qui va te rendre heureuse !

C'est une carte photo de son frère, debout devant une chaise, vêtu de sa capote Poiret[13] à quatre poches dont deux de hanche, aux boutons dorés, à col demi-chevalière marqué des écussons d'unité aux deux angles. On distingue des brides d'épaule et un numéro de matricule inscrit sur une pièce de tissu, cousue au-dessus de la poche supérieure gauche. Il y a de la neige au sol, son visage est sérieux. Le poing gauche sur la hanche, le bras droit sur le dos de la chaise, Théophile regarde fixement l'objectif. Il est prisonnier dans une ferme du pays ennemi, l'Allemagne.

— Au moins, il est toujours en vie ! dit Armelle, qui n'a encore rien reçu. Louise sent la lassitude dans la voix de celle qui devrait être sa belle-sœur.

— Ne t'inquiète pas ! La poste marche mal, ton courrier est sans doute bloqué quelque part.

---

[13] Paul Poiret, couturier français (1879-1944).

Des nouvelles de Léopold lui parviennent quinze jours après.

« Je ne vais pas trop mal par rapport à certains camarades de ma garnison, mais je ne comprends plus ce besoin de combattre des hommes qui nous ressemblent tant. C'est une opinion partagée par bien d'autres combattants, qui ne saisissent pas pourquoi on les oblige à partir constamment à l'assaut. Nous avons soif, faim et froid. »

Un froid qui gagne leurs corps et leurs cœurs, emplis de désespoir.

⁂

Tous les combattants vivent dans l'attente de permissions qui donneront aux pères l'occasion de voir le petit dernier, né avant ou après le début de la guerre, aux fils de revoir leurs parents ou leurs promises, si ces dernières ne sont pas lassées d'attendre ou effrayées de voir revenir un estropié, un homme au visage détruit n'ayant que des bandages pour seule parure.

Armelle serait-elle prête à accepter un époux à la mâchoire fracturée, qui aurait perdu un œil, voire les deux ? Un individu dont la peau, les muscles et les os auraient été atteints par des éclats d'obus, quelqu'un pour qui son amour deviendrait impossible ? Ne laissant plus à l'homme revenu des combats que la solution du suicide pour ne plus avoir à affronter le regard des autres.

Léopold a encore la chance de ne pas être préoccupé par son physique.

« Ma chère femme,

J'ai une prochaine permission de sept jours pour convalescence. Je sors d'hôpital après avoir reçu une balle dans le bras. En tant que brancardier, j'ai dû essuyer des tirs ennemis en allant chercher des blessés dans les tranchées. J'espère avoir priorité et que la durée de ma permission ne sera pas amputée par des attentes insupportables dans les gares.

Embrasse tout le monde pour moi, et surtout ma petite Léonie.

Si vous saviez combien vous me manquez ! »

⁂

Léopold réintègre momentanément son village après avoir voyagé en train en compagnie de permissionnaires comme lui, camarades de son bataillon ou autres. Il s'en est donné à cœur joie de reprendre l'hymne de ralliement de tous les soldats en congé pour quelques jours : *Il est cocu le chef de gare*, sur l'air d'*Il était un petit navire*.

Il n'a pas résisté à la boisson pendant le trajet. Il a pris l'habitude de la gnôle qu'on distribue aux combattants dans les tranchées, même s'il se trouve plus fréquemment à l'arrière. Mais son intervention est souvent risquée lorsqu'il lui faut porter assistance à un blessé entre les tirs des Allemands, afin de le ramener au poste de secours.

De plus, la gnôle a le don de le réchauffer quand il souffre du froid, de calmer la faim qui le tenaille, d'empêcher la fatigue de le submerger. L'alcool fait office de nourriture, de chauffage et prodigue du repos.

⁂

Louise est heureuse de retrouver son mari. Mais son air fatigué révèle l'état d'épuisement dans lequel elle se trouve. Une fatigue due aux travaux agricoles, conjugués au lavage de vêtements qu'elle effectue à sept kilomètres de chez elle.

— Léonie, il faut que je lave des uniformes. Il y a de la route à faire, et j'aurai une brouette à charrier. Je dois réceptionner les vêtements au bourg, pour me rendre au grand lavoir situé à proximité. Puis, je le mettrai à sécher chez nous. Je dois le faire deux fois par semaine. Si tu éprouves l'envie de m'accompagner, je t'emmène. Mais tu dois me promettre de ne pas renâcler devant la distance à parcourir. La brouette sera pleine de linge lavé à étendre au retour. Impossible de te faire monter sur la lessive mouillée !

Léonie insiste pour accompagner sa mère, mais se met rapidement et régulièrement à rouspéter au bout de cinq cents mètres. C'est la même litanie à chaque fois.

— J'en ai marre, maman. Quand est-ce qu'on arrive ?

— Bientôt, Léonie. Je ne peux pas te porter, ça ne sert à rien de te plaindre. C'est toi qui as voulu venir, je te rappelle ! Tu pouvais rester en compagnie du père Fauvier.

Aujourd'hui, point de lessive à transporter.

Louise est assise à côté de Léopold, occupée à lui décrire les trajets.

La fillette est heureuse d'avoir ses parents réunis, même si elle a vu pleurer sa mère au moment des retrouvailles. Elle sait que les grandes personnes pleurent beaucoup en ce moment. La maman de sa petite amie Lucie s'est effondrée l'autre jour quand le maire est venu lui rendre visite. Lucie lui a expliqué qu'on lui avait dit que son père se reposait très loin d'ici.

— Tu crois qu'il reviendra se reposer ici ?

— J'aimerais bien, mais maman m'a dit que pour l'instant ça n'était pas possible.

Sa maman ne lui dit pas qu'elle espère qu'on retrouvera son corps, qu'on ne l'abandonnera pas dans la boue d'une tranchée, son visage et ses mains ensevelis dans la glaise. Elle ne lui dit pas non plus sa crainte de savoir sa dépouille couchée dans la terre d'un endroit inconnu, sans linceul, sans couronne, sans personne pour attester de sa bravoure et lui rendre hommage.

Adieu la vie, adieu l'amour,
Adieu toutes les femmes.
C'est bien fini, c'est pour toujours,
De cette guerre infâme.
C'est à Craonne, sur le plateau,
Qu'on doit laisser sa peau
Car nous sommes tous condamnés
C'est nous les sacrifiés ![14]

⁂

Fin de sa permission.

Léopold s'apprête à renouer avec l'enfer. Il sait qu'il va devoir mentir à des hommes allongés dans un trou d'obus ensanglanté, pour lesquels il sera impuissant, et cependant s'obligera à leur faire croire qu'ils s'en sortiront, qu'ils pourront regagner leurs champs et effectuer les moissons. Se retrouver là où on aurait dû les laisser.

---

[14] Chanson de Craonne, 1917.

Je ne veux plus de tout ça. Je n'en peux plus ! Je vais pourtant repartir. Pour où ? Pour quoi ?

Il a embrassé ses parents, il a étreint sa femme et sa fille, les a serrés encore plus fort qu'à l'ordinaire avant de les quitter. Il fait soleil, comme si le sort des hommes était indifférent à l'astre qui annonce une chaude journée. Il laisse une épouse qui va devoir s'atteler aux nouvelles moissons. Il ne parvient pas à trouver les mots à dire pour l'encourager, lui exprimer son amour, témoigner son affection à ses parents. Il veut voir Léonie grandir, reprendre sa vie auprès de ceux qu'il chérit.

Bonheur illusoire
De la vie sur terre.
Bonheur transitoire
Au parfum amer.
Folie meurtrière,
Vision sanguinaire.
Pires que des bêtes
Les hommes sont fous.
Le sang de leurs têtes
Se répand partout.
L'espoir s'effrite,
L'amour est en fuite.
Mais au nom de qui
Cette barbarie ?
Qui ferme les yeux ?
Qui se montre sourd
Aux pleurs des gens
Qui longtemps ont cru
En un Dieu clément
Père des innocents ?[15]

---

[15] *Transfiguration*, recueil du même auteur, EHJ, 2017.

– 35 –

Des nouvelles de Théophile arrivent de loin en loin. Le fait d'être prisonnier le dispense des combats, mais ce n'est pas le bonheur que d'avoir froid et se sentir quotidiennement tenaillé par la faim, de travailler sans cesse en ayant peu de force. Il tient cependant à rassurer sa sœur, à ne pas l'affoler.

*« Surtout, ne t'inquiète pas, sœurette. Mon sort est plus enviable que celui des soldats de l'infanterie, qui sont les premiers à monter à l'assaut. Je n'ai pas à utiliser ma baïonnette pour tuer un ennemi qui me ressemble. Sais-tu qu'une prière a été inventée à propos de la Rosalie ? C'est l'*Ave Maria *d'un poilu à sa baïonnette. En voici le texte :*

"Je vous salue, Rosalie, pleine de charmes
La victoire est avec vous,
Vous êtes bénie entre toutes les armes
Que votre pointe qui fouille les entrailles des Boches soit bénie !
Sainte Rosalie, mère de la Victoire
Priez pour nous, pauvres soldats,
Maintenant et à l'heure de la revanche
Ainsi soit-il !"

Je ne crois plus en rien, Louise. Le peu de foi que j'avais s'en est allé. Si tu savais comme le monde est laid autour de nous ! As-tu entendu parler des combats du Chemin des Dames ? Des soldats ont refusé de monter au front. La répression de ces mutineries a entraîné l'exécution de quarante-neuf personnes. J'essaie de penser à ma vie d'avant avec vous, mais je me demande parfois si cela a vraiment existé. Tout me paraît irréel. Je voudrais tellement vous sentir autour de moi, organiser des jeux avec Léonie, toucher la terre que je cultivais avant le conflit, et en respirer autre chose que l'odeur de la mort ! J'ai des images de la dernière fête du village. C'était un bonheur simple. Mais nous n'en avions même pas conscience.

Dieu ! Que je voudrais revivre ces instants-là ! Et ne pas participer aux massacres qui se déroulent quotidiennement. »

Louise s'en va retrouver Armelle. Il y a de la véhémence dans sa voix.

— Je ne peux pas envisager que Léopold participe aux massacres décrits par Théophile. Il aide à ramasser les blessés dans les tranchées. Il les transporte ensuite vers les postes de secours avancés. Il se peut qu'il en laisse parfois, de bonne foi, pour morts, parce que l'aspect des plaies lui a fait croire que leur décès est imminent, ou qu'il n'a pas entendu les appels à l'aide. Mais il n'est pas un tueur, j'en suis convaincue !

Elle en oublie presque sa mère, débordée qu'elle est par les tâches à accomplir au quotidien. Elle n'a pas vu les dessins produits par Honorine, qui se retrouve seule sur son banc après la mort de son amie Marianne à la suite d'un anévrisme cardiaque. C'est le mot qu'elle a entendu lorsque le médecin a fourni des explications au fils de Marianne, mais elle est bien incapable de dire de quoi il s'agit. Qui pourrait bien se soucier de cette femme sans passé, hormis Honorine, qui en a fait le portrait ? Elle l'a cherchée quelque temps, en se promenant devant tous les bancs du parc, puis a cessé de s'étonner de ne plus la voir, tout occupée qu'elle est par l'arrivée de soldats qui sont atteints du syndrome de peur morbide acquise, de dépression mélancolique, d'obsessions et d'idées hypocondriaques, d'agitation anxieuse, d'amnésie. Tous ces aliénés d'office qu'elle voit pénétrer dans l'enceinte de l'asile, revenus d'un endroit où ils ont subi des traumatismes irréversibles.

Honorine en a aperçu certains qui étaient incapables de marcher droit, ou semblaient se parler à eux-mêmes tellement leurs visages étaient perclus de tics. Elle ignore qu'un ennemi, autre que celui combattu par les soldats français, a fait son entrée dans l'asile : la grippe, qui affecte le système nerveux et peut provoquer des troubles neurologiques, tels que crises d'hystérie, délire, accès de violence, tendances suicidaires.

Pour Honorine, peu importe. Tous ces hommes sont les mêmes. Elle les dessine. Elle continuera de le faire jusqu'à sa mort. Sans réfléchir, elle se jette sur ses feuilles avec fébrilité, comme si, instinctivement, elle avait compris qu'il fallait fixer ce qui était en train de se passer.

– 36 –

Le temps semble long à Gustave Fauvier. Il voudrait tellement que son fils adoptif, Théophile, puisse revenir.

Il va sur ses 75 ans, il a déjà vu trop de morts autour de lui. Son Émilie, en premier ! Décédée en couches, comme beaucoup d'autres femmes de l'époque, pour lesquelles l'accouchement était une épreuve dont elles n'étaient jamais sûres de se rétablir. Elle s'en était allée alors qu'elle était sur le point de mettre au monde leur premier enfant.

Son union avec Émilie, c'était plus que le simple rapprochement de terres. Ils s'aimaient d'un amour qu'il n'aurait jamais cru possible. Celui des histoires que les filles adorent lire en attendant le prince charmant. Ils n'étaient ni l'un ni l'autre des personnages de grands récits romantiques, mais ce qu'ils éprouvaient mutuellement était d'une force que les mots ne pouvaient exprimer. Ils auraient donné leur vie l'un pour l'autre. Quand elle a hurlé son nom, tandis qu'elle accouchait, il s'est précipité, n'a eu que le temps de lui saisir la main dont les doigts se sont accrochés aux siens. Elle était victime d'une crise d'éclampsie. Il y avait eu des signes avant-coureurs. Elle s'était plainte d'une douleur abdominale intense, de vertiges et maux de tête, de troubles auditifs. Mais le médecin ne s'était pas inquiété outre mesure. Cela fut suivi de crises convulsives et d'un coma dont elle ne put émerger.

— Non ! hurlait-il. Il n'est pas possible qu'elle s'en aille sans moi ! Oh, mon Dieu ! Je voudrais mourir avec elle. Elle donnait un sens à mon existence !

L'état dans lequel il se trouvait était indescriptible. Continuer de vivre dans un endroit où elle ne serait plus lui semblait insurmontable. Comment expliquer au reste du monde que seule la présence de son épouse faisait que sa vie méritait d'être vécue ?

Leur passion en avait surpris plus d'un. Surtout dans un milieu rural où l'on ne perdait jamais de vue les intérêts à défendre au moment des unions, principalement la valeur des terres. Ils avaient été l'illustration d'une relation amoureuse comme on en connaissait rarement, où les sentiments l'avaient emporté sur la raison. Ils avaient vaincu les réticences de leurs parents, peu enclins, au début, à voir s'unir leurs progénitures. Gustave aurait pu trouver un meilleur parti, avec une dot moins modeste. Ce n'étaient pas les occasions qui manquaient. Bien des membres de la famille s'en étaient mêlés pour essayer de le convaincre de changer d'avis. Peine perdue.

Rien n'aurait pu les arrêter. Seule la mort pouvait mettre un terme à cet amour fusionnel. Et encore… Gustave attend sa fin pour le faire renaître dans l'éternité.

Il ne se souvient même plus de l'enterrement de son épouse.

Il passe, à l'époque, des jours entiers prostré dans leur chambre nuptiale. Il cherche l'air, ne parvient plus à respirer normalement.

Il se demande s'il aura la force de continuer à vivre. Il se nourrit de sa peine, s'endort au milieu des larmes, devient sourd et aveugle à ce qui l'entoure.

Il n'a jamais songé à se remarier, faisant de la solitude son quotidien.

Jusqu'à l'arrivée de Théophile, pour lequel il s'est mis à éprouver une grande affection.

Son retour lui tarde. Gustave a appris par Louise, qui veille sur lui, que Théophile est prisonnier des Allemands. Cela vaut mieux que ce que subissent les fantassins des tranchées, qui attendent, impuissants, la fin des bombardements.

– 37 –

Le pays est dans sa quatrième année de guerre. Quatre ans que les humains s'entre-tuent, tandis qu'à l'arrière les familles, amputées des présences masculines, se battent pour survivre. Louise poursuit sa tâche laborieuse.

Comme bon nombre d'autres femmes, elle se lève chaque matin en occultant ceux qu'elle aime de son esprit : ses deux hommes, partis au front, loin de leur terre natale. Si elle se met à évoquer son mari ou son frère, des idées noires lui viennent en tête. Il faut continuer à vivre, mener les journées à leur terme en évitant de réfléchir et en se préparant pour les suivantes. Se noyer dans le labeur, surtout ne pas s'arrêter. Alors, Louise continue d'arpenter les champs, de diriger, de chercher de la main-d'œuvre et de vendre la production des moissons. Elle assure la pérennité du travail paysan.

Il est heureux qu'elle soit à ce point occupée pour briser son attente. Comme Gustave Fauvier, elle attend. Elle évite d'envisager l'arrivée du garde-champêtre ou du maire, ou des gendarmes, qui n'apportent que des mauvaises nouvelles. La mort a frappé dans de nombreuses familles, dans leur village et dans ceux situés aux alentours.

Elle se lève à l'aube pour mettre fin à des nuits souvent difficiles malgré la fatigue de la journée. Elle ne prend plus le temps de se regarder dans la glace, par crainte de constater son changement physique. Les événements ont eu raison de ses traits, vieillis prématurément. Un jour qu'elle aperçoit son reflet dans le petit miroir accroché au-dessus de l'évier, elle s'arrête, pensive.

Quand a-t-elle été vraiment heureuse pour la dernière fois ? À l'époque de sa jeunesse avec ses parents ? Mais ce bonheur-là semblait aller de soi. Son père était encore vivant, sa mère n'était pas à l'asile.

Son mariage avec Léopold ? Cela avait été plus la recherche d'un refuge contre le danger extérieur, même si son cœur s'était emballé pour le jeune homme.

Si ! Il y avait un moment de sa vie qui lui avait procuré un sentiment de plénitude : la naissance de sa fille Léonie. Et c'est à elle qu'elle songe chaque jour pour ne pas se laisser submerger par le découragement.

Mais un autre événement vient alourdir ses pensées.

Louise doit se séparer de ses chevaux de trait, réquisitionnés sur ordre du gouvernement. Elle ne peut retenir ses larmes tandis que ses deux Ardennais sont emmenés pour rejoindre les combats. Beaucoup d'hommes auraient préféré ne pas partir. Mais on peut être sûr que pas un seul cheval ne désirait quitter sa campagne et briser les liens qui s'étaient noués entre eux et leurs maîtres. Ils faisaient partie de leur famille, car c'était grâce à eux que les travaux des champs s'effectuaient. Ils leur étaient indispensables.

« Qu'est-ce qui va advenir d'eux ? Je sais, pour sûr, que je ne les reverrai pas ! »

Elle s'efforce de ne pas les imaginer éventrés au milieu de soldats morts, submergés par la boue. On lui a raconté que, pendant ou après le combat, ils étaient souvent abattus pour que leurs souffrances soient abrégées. Louise apprécierait sans doute la façon dont les Anglais leur rendent hommage en voyant en eux des combattants anonymes sans gloire, des victimes courageuses, qui ne recevront aucune croix de guerre ou autre décoration.

Elle a entendu dire que des chevaux comme les leurs jouaient un rôle important dans le transport de l'artillerie lourde. Véritables bêtes de somme, ils représentaient des machines idéales pour l'acheminement des victuailles. *On prend nos hommes, maintenant nos bêtes ! Quand est-ce que tout ça va s'arrêter ?*

Mais le plus dur, pour elle, a été d'assister à l'enlèvement de l'âne de Léonie. Celui-ci, avec une dizaine d'autres, sera capable de passer dans les tranchées pour ravitailler les combattants. Il pourra aussi ramener des blessés et peut-être sauver des vies humaines, ainsi que transporter des matériaux pour réparer ces mêmes tranchées. Frondeur va ainsi participer à l'effort de guerre, dans l'ignorance la plus totale.

La petite fille, vive et mûre pour son âge, a vite pris conscience que quelque chose se tramait en entendant les braiments désespérés de son animal. Elle s'est levée sans prendre le temps de mettre un vêtement chaud, et a débarqué pieds nus au moment où la voiture qui le transportait quittait la cour. Elle s'est alors précipitée à l'écurie.

— Maman ! Maman ! Où est Frondeur ? Où est-ce qu'ils l'emmènent ?

Louise ne trouve pas les mots pour la rassurer. Comment lui expliquer que les hommes qui se battent obéissent à des ordres qui leur demandent de s'entre-tuer, mais aussi d'éliminer leurs chevaux ?

— Maman ! Réponds-moi ! Où va-t-il ? Ils n'ont pas le droit ! Pourquoi est-ce que tu n'as rien fait ? Pourquoi est-ce que tu ne les as pas empêchés de le prendre ?

Le spectacle de son enfant en pleurs au milieu de la cour lui fend l'âme. Elle se précipite vers Léonie pour la serrer et la réconforter, mais celle-ci la repousse violemment. Il y a la guerre dans les familles en plus de celle qui se déroule à l'extérieur.

***

Louise continue vaillamment d'aller laver les uniformes de soldats en permission.

Léopold lui annonce sa venue prochaine. Ce qu'elle a tout de suite dit à Léonie pour la faire sourire à nouveau.

— Mon papa va revenir ! Mon papa va revenir !

Léonie saute de joie à travers la cour de ferme. Elle a fini par se consoler de la disparition de son âne grâce à un mensonge de la part de sa mère : Frondeur sera de retour en même temps que son oncle Théophile. Elle sait que Léonie la détestera si son âne ne revient jamais.

Léonie aimerait bien aller à l'école pour avoir, elle aussi, un filleul de guerre comme les grands élèves. On leur a parlé d'un malheureux soldat des régions envahies dont la famille a été dispersée. Il est sans nouvelles des siens.

Les enfants apportent leur obole et, chaque mois, leur filleul reçoit un petit colis de provisions.

— Si j'étais une grande personne, je serais marraine de guerre. Je lui ferais parvenir des vêtements chauds, des biscuits, du sucre. Hein, maman ! Tu m'as dit qu'ils en manquaient. Oui, je veillerais sur lui.

Elle soutiendrait un soldat au combat, seul dans la boue d'une tranchée et peut-être blessé. Elle lui écrirait, comme sa maman écrit à son oncle Théophile et à son papa Léopold.

Louise a expliqué à Léonie que les lettres et les colis étaient très importants pour qu'ils gardent le moral.

— Mais qu'est-ce que tu leur dis ?

— Je leur parle de l'exploitation, du temps qu'il fait, de tes jeux...

— De mes jeux ?

— Oui ! J'essaie de les divertir. Je suis sûre qu'ils sont heureux de recevoir tes dessins.

— Tu les mets au milieu de la nourriture que tu leur envoies ?

— C'est ça. Je prépare les colis quand tu es couchée, mais je n'oublie jamais de glisser tes dessins. D'ailleurs, ça serait bien que tu en fasses d'autres. Je vais leur écrire bientôt.

Léonie s'est assise à la table de la cuisine. Elle a décidé de leur faire le portrait du chien Pirouette, celui du Père Fauvier. Louise l'observe, tout attendrie devant l'image de sa fille appliquée à dessiner pour les deux hommes de la famille partis au front.

Elle lui rappelle sa mère Honorine, qui fait la même chose à l'asile, qui a toujours aimé représenter ce qu'elle voyait autour d'elle. Léonie doit tenir de sa grand-mère. Il faudra qu'elle lui en parle un jour. Qu'elle lui raconte l'histoire de cette femme bousculée par la vie, trahie et abandonnée.

Louise glissera les dessins au milieu du tabac et des chaussettes tricotées pour qu'ils aient chaud. Elle ne dit pas à Léonie que tout est inspecté, que parfois les colis ne sont pas livrés ou parviennent endommagés, parce qu'ils ont été fouillés. Quelqu'un lui a rapporté que les boîtes de conserve pouvaient arriver percées et le chocolat, brisé en morceaux.

Sans parler du courrier, qui peut être censuré.

***

Son amie Lucie a compris que son papa resterait se reposer dans le Nord.

L'instituteur du bourg a été appelé lui aussi. C'est une jeune femme qui le remplace. Sur le tableau noir, il a écrit trois mots à la craie blanche, que les enfants ont demandé de ne pas effacer : *« À très bientôt ! »*

Louise, comme la plupart des femmes, attend l'obscurité et la solitude de sa chambre pour s'abandonner au chagrin qu'elle contient toute la journée. Elle se sent gagnée par la peur, celle de devoir enterrer les personnes qui lui sont chères et de se retrouver seule.

Elle se rend sur la tombe de son père quand ses angoisses paraissent prendre le dessus. Elle y est ce soir.

— Qu'est-ce que je vais faire si je perds Théophile et Léopold ? Aide-moi, papa ! Je suis si fatiguée, je suis tellement lasse de devoir affronter le quotidien. Je ne supporte plus de voir les yeux rougis des autres femmes, de deviner les larmes silencieuses, de faire semblant devant Léonie. Combien de temps est-ce que ça va encore durer ? Je sens qu'Armelle en a marre d'attendre le retour de son fiancé. Elle va souvent au bourg. Elle a dû y faire une rencontre. Je ne peux pas lui en vouloir, mais j'ai de la peine pour Théophile. Et il y a maman, qui ne se rend plus compte de rien et que je n'ai plus le temps d'aller voir. Oh ! J'aurais tellement besoin que tu me parles ! Je voudrais pouvoir redevenir petite fille pour que tu me prennes dans tes bras et me dises de ne pas avoir peur, que mes parents sont là pour me protéger. Oui ! C'est ça ! Repartir dans le passé, avant ton accident, avant la guerre, avant…

Elle tombe à genoux, les épaules secouées de sanglots. Une crise de larmes telle que même la nature en semble remuée. Lorsque les pleurs ont cessé, elle se relève lentement, et s'en retourne à la ferme. Léonie dort à poings fermés.

– 38 –

C'est un médaillé qui pose ses bras autour de la taille de Louise. Celle-ci est debout devant l'évier de la cuisine.

« A fait preuve de courage et de dévouement en se portant spontanément, sous les bombardements, au secours de deux camarades qui venaient d'être touchés. »

Voilà ce que Louise peut lire sur le livret militaire de son époux.

— Es-tu fière de moi, cette fois ?

Louise l'embrasse pour le faire taire.

— Tu n'es qu'un nigaud ! J'ai toujours été fière de toi, mais souvent déçue par ton attitude avant la guerre. Je déteste ce qui se passe en ce moment, mais ça te fait peut-être voir les choses autrement, et comprendre que ton père avait raison de te secouer les puces !

— On ne peut plus être le même quand on revient des combats. Tu ne peux pas imaginer ce à quoi j'assiste.

Lui, d'habitude enjoué et rigolard, est soudain pensif.

— Il faut que ça cesse, Louise. Ou on va tous devenir fous si on n'en meurt pas. Il y a trop d'horreur !

Il s'affale sur une chaise devant la table de la cuisine, et se met à pleurer, la tête entre les mains.

Elle se place derrière lui, debout, et lui caresse la nuque.

— Laisse-toi aller, si ça te fait du bien.

Il tourne alors la tête pour la poser contre son ventre.

— Je ne veux plus te quitter, Louise. Et pourtant il faudra que j'y retourne. Je ne peux pas laisser tomber les autres. Mais tout ça n'a aucun sens.

Les pleurs deviennent ensuite trop difficiles à réprimer. Léonie vient se glisser entre eux deux.

— Papa, arrête ! Tu fais pleurer maman. Dis, papa ! Tu sais qu'on m'a pris Frondeur ? Maman dit qu'il reviendra avec oncle Théophile. Toi aussi, tu penses qu'il reviendra avec oncle Théophile ?

Léopold se redresse, se lève de la chaise et soulève Léonie pour l'embrasser au point de l'étouffer. Il va passer quelques jours avec ses deux femmes, comme si rien ne se déroulait dans le nord-est du pays.

Des hommes se battent, meurent, perdent leurs membres, se retrouvent défigurés, dépossédés ainsi de l'identité qui était la leur, et, à mesure qu'on s'éloigne des zones de combat, la vie reprend ses droits.

Un soir au coucher, il se tourne vers son épouse.

— Louise ! Serre-moi ! J'ai besoin de me sentir vivant dans tes bras. J'ai besoin que tu me rassures. Tu ne me trouves pas différent ? J'ai tellement peur de ne plus me reconnaître à la fin de la guerre, je crains tant que la façon dont certains individus se transforment ne me gagne à mon tour, et fasse de moi un bourreau !

Oui ! Léopold appréhende de perdre son âme dans cette bataille. Que cela réveille en lui des instincts barbares. Il n'est pas de nature brutale, n'a jamais aimé se battre ni entrer en conflit avec quiconque, pourtant, il se met à avoir peur d'éprouver l'envie de tuer.

— Imagine que je devienne cruel, que je ressente du plaisir à détruire l'ennemi, et que je finisse obsédé par la mort !

Irait-il grossir les rangs des hommes rendus incapables de reprendre une vie normale, de ne jamais pouvoir oublier ce qu'ils ont été obligés de subir ou d'accomplir ? Léopold n'a pas conscience de participer à un conflit qui continuera à hanter les esprits des années après.

La Butte Rouge, c'est son nom, l'baptème s'fit un matin
Où tous ceux qui grimpèrent, roulèrent dans le ravin
Aujourd'hui y a des vignes, il y pousse du raisin
Qui boira d'ce vin-là, boira l'sang des copains.[16]

***

Louise, Léonie et Léopold se font photographier dans la cour de ferme.

---

[16] Chanson de 1923.

Louise a accepté de poser après avoir vérifié ses vêtements et ceux de sa fille. Léopold présente bien dans son uniforme. Léonie est heureuse d'être sur la photo qui les réunit tous les trois. Une photo-carte, ou photo-carte de visite, comme il s'en prenait autrefois. Léonie se tient debout, à droite de sa maman, chaussée de bottines, vêtue d'une robe à carreaux noirs et blancs, blousante sur les hanches, agrémentée de poignets froufroutants au bas des manches, et d'un col cravate sombre. Sa main gauche repose sur le sommet de la chaise, au-dessus de l'épaule de sa mère. Ses cheveux ont été tirés à l'arrière. Elle affiche des yeux malicieux et un sourire espiègle. Elle pense peut-être au goûter qu'elle prendra dans un moment en compagnie de son amie Lucie, et aux jeux qu'elles organiseront au milieu du foin. Pour s'amuser et rire à gorge déployée de leurs pitreries, comme seuls savent le faire les enfants.

Les éclats de rire des enfants
Font entrer le soleil d'été,
Dissipent les jours embrumés...
Ils donnent envie de partager
Leurs jeux et belles amitiés,
De retourner dans le passé,
Rire comme eux à en pleurer.[17]

Léopold se tient bien droit, debout à gauche de la chaise, en uniforme, sa veste ornée d'une croix, en récompense de sa bravoure. Il est chaussé de brodequins et ses molletières montent jusque sous les genoux, à l'endroit où commence son pantalon court. Sur sa tête, bien sûr, la tarte des chasseurs à pied. Son poing gauche sur la hanche, l'autre bras posé sur un barreau de la chaise derrière le dos de son épouse, on devine un sourire sous sa moustache en croc. Il savoure ce moment qui lui octroie la possibilité de se soustraire à la guerre et ses tranchées.

Louise est, quant à elle, assise au centre, vêtue d'une longue jupe noire boutonnée sur le devant et d'un chemisier à rayures dont on peut, là aussi, apercevoir tout le boutonnage. Ses mains reposent sur ses cuisses. La jupe laisse entrevoir des bottines lacées, usées par toutes les marches qu'elle est

[17] Extrait d'*Évocations*, recueil du même auteur, EHJ, 2017.

obligée d'accomplir. Ses cheveux ont été relevés en chignon sur l'arrière de sa nuque. Son visage affiche une mine sérieuse et contraste avec la frimousse malicieuse de sa fillette, heureuse de retrouver ses deux parents auprès d'elle.

Peut-être Louise pressent-elle inconsciemment le travail du destin…

– 39 –

Louise serait capable de réciter mot pour mot ce qui est écrit sur le feuillet soigneusement replié dans sa poche de blouse. La lettre, reçue deux jours auparavant, a été lue et relue maintes fois :

« Ma chère Louise,

Voilà comment je me retrouve à participer à la guerre ! Me voici prisonnier dans un camp allemand, situé au milieu des champs. Des champs qui ne ressemblent plus à rien, et c'est tant mieux ! Ça m'évite de trop penser au pays ! Le camp est rempli d'autres hommes comme moi, prisonniers après avoir vécu l'horreur dans les tranchées. On est tous logés à la même enseigne, on subit le conflit, on se languit de la terre natale. Tu veux que je te décrive la vie ici ? On est entassés à 250 dans une baraque en bois, recouverte à l'extérieur de goudron, et on se partage des couches faites de paille ou de sciure, qui ont été empilées sur deux étages. Ils nous ont aménagé une bibliothèque. Mais cela ne permet pas d'oublier les fils de fer barbelés qui entourent le camp. Les sentinelles qui nous surveillent sont prêtes à nous canarder à la moindre occasion !

En ce qui concerne la nourriture, je peux t'assurer qu'elle n'a rien à voir avec celle de chez nous. On mange de la soupe tous les jours : soupe de haricots, d'avoine, de pruneaux, de betteraves, de morue… avec du pain à base de son et de pomme de terre, pour remplacer le bon pain fait maison. Que ça me tarde de retrouver la bonne nourriture du pays !

J'ai eu la chance de recevoir ton colis, ainsi que celui du Père Fauvier. J'ai pu obtenir du travail dans les champs, dix heures par jour, ce qui m'octroie des conditions de détention un peu meilleures. Certains prisonniers, quand ils sont employés par des particuliers, comme c'est mon cas, peuvent bénéficier d'un meilleur régime alimentaire. Même si ce n'est pas la panacée, c'est toujours mieux que ce qui est servi au camp !

On est parqués plus à l'étroit que nos bêtes !

Et l'hygiène est déplorable. Et y'a pas d'installations sanitaires. Visiblement, le camp a été construit dans l'urgence. Il ne dispose que d'un seul robinet dans la cour pour des milliers de personnes. Tu imagines la queue qu'on peut faire ! Les latrines consistent en une simple planche percée au-dessus d'une fosse, que ces salopards de Boches me chargent en ce moment de vider à intervalles réguliers ! Des toilettes qui débordent souvent quand il y a de fortes pluies. Si bien que cela pue tout le temps, et la pluie transforme le sol en une gadoue qui n'est pas sans rappeler celle des tranchées !

Du coup, beaucoup de mes camarades sont tombés malades. J'ai de la chance de n'avoir encore rien attrapé ! Je crains surtout les maladies comme le typhus ou le choléra, tellement l'air est insalubre ! Sans parler du combat à mener contre les poux. On parle aussi beaucoup de la grippe. On pense qu'elle a peut-être été apportée par un détachement revenant de travaux agricoles. Mon pote Marcel, du baraquement à proximité, a été isolé rapidement, la literie a été désinfectée, ainsi que tout le lieu contaminé. J'ai dû faire des gargarismes d'une substance dont je ne connais pas le nom, on m'a arrosé, le plancher des baraques a été lavé et les parois blanchies à la chaux... Ça n'empêche pas le virus de progresser ! Y'a de plus en plus de copains malades !

Ceux qui décèdent sont enterrés dans des cimetières situés près des camps. C'est dans un de ces cimetières que repose à présent Marcel.

J'échappe à tout ça. J'ai vraiment le sentiment d'être un survivant. Je tiens un journal de bord, dans lequel je décris les conditions difficiles des prisonniers pour se laver, manger, résister aussi aux brimades et aux punitions. Je retranscris aussi tout ce qu'ils me racontent au sujet de ce qu'ils ont vécu sur le front.

Sais-tu que se sont mis en place des petits marchés entre prisonniers ? On fait du troc. On partage aussi des moments de jeu : athlétisme, football, boxe. Mais tout ça n'occulte pas le reste. Je me languis de vous retrouver. Je sais que Léopold est parti pour le front, mais je n'ai pas eu l'occasion de le croiser avant mon arrestation. J'espère que tu as des nouvelles rassurantes de lui.

Si je n'avais pas le courrier que tu m'envoies, je perdrais vite le moral. Très souvent, le droit d'écrire et de recevoir des lettres est supprimé. Je fais tout pour que cela ne se produise pas.

Je t'embrasse, ainsi que la petite Léonie et le père Fauvier. Donne le bonjour aux parents de Léopold.

Je prie tous les jours pour que cette satanée guerre cesse enfin.

Ton frère qui t'aime.

PS : Que devient Armelle ? »

***

Louise est étonnée qu'il n'ait pas plus de nouvelles de sa future épouse. Elle ignore que Théophile a dit à la jeune femme qu'il ne fallait pas qu'ils se promettent le mariage, ne sachant pas ce que la guerre leur réservait.

Louise a dans l'idée de répondre à son frère dès le coucher de Léonie. Elle se sent momentanément rassurée.

Elle ignore qu'il la préserve en passant sous silence les camps de représailles, avec des punitions difficiles à supporter, et qu'il a souvent redouté d'être envoyé dans les mines et les marais où le travail est très pénible.

De plus, il ne veut pas lui causer une fausse joie. Alors il ne lui révèle pas qu'il sent qu'il y a depuis quelque temps de l'effervescence dans les baraquements. Comme une brise de liberté qui se serait levée, encore légère, mais bien réelle. Qui redonne de l'espoir, cet espoir qu'il pensait ne plus jamais éprouver.

– 40 –

Elles sont plusieurs autour du lavoir à frotter et battre le linge de maison, les chemises des hommes en permission, les vareuses couvertes de boue... Louise se sent faible. Plus faible que la veille, lorsqu'elle était occupée à nourrir les poules.

— Tu ne m'as pas l'air bien, ma fille, aujourd'hui.

Une femme plantureuse s'avance jusqu'à elle et s'adresse à Léonie :

— On dirait que ta maman est fatiguée.

— Oui. On a été obligées de s'arrêter plusieurs fois pour venir jusqu'ici.

— M'est avis qu'elle ne pourra pas retourner chez elle à pied. J'ai ma charrette. Je peux vous y déposer.

Deux des autres femmes, occupées à laver, lèvent un court instant la tête. Puis se remettent au travail. Cette besogne leur permet de grappiller quelques sous. Louise ne se fait pas prier pour se laisser remmener.

— C'est gentil à vous. J'avoue que j'ai le tournis. Je ne comprends pas ce qu'il m'arrive. Ça a commencé une fois en route.

Elle sent quelques frissons de température. Elle a également des maux de tête et des courbatures.

Lorsqu'elles parviennent à la ferme, la femme la soutient pour descendre. La mère de Léopold, venue à leur rencontre, mène Louise jusqu'à sa chambre. Après avoir été aidée à se déshabiller, Louise se couche, tandis que Léonie est allée rejoindre son grand-père. Les mots de Louise sont à peine audibles.

— Ne vous inquiétez pas ! C'est juste une fatigue passagère.

Le lendemain matin, Louise est toujours alitée. Sa très forte fièvre la fait trembler de plus en plus. On la dirait prise de convulsions.

Sa température demeure proche de quarante degrés pendant quarante-huit heures. On a envoyé chercher le médecin du bourg.

Il l'ausculte et hoche la tête en signe d'impuissance. L'expansion alarmante de la grippe n'est plus un secret dans le monde médical. Surtout celle-ci.

— Je sais que des confrères procèdent à une mise en quarantaine, mettent des malades à l'isolement complet, mais rien n'y fait !

Le médecin conseille le port de masques pour se protéger du virus de la maladie à laquelle les proches de Louise sont confrontés.

— Ce n'est pas une grippe bénigne. Elle tue, massivement. Il faudrait me donner le nom de la personne qui l'a ramenée jusque chez vous. Elle est en danger.

— Hélas ! Je ne sais rien d'elle. Elle a simplement eu la gentillesse d'aider ma belle-fille. C'est si grave que ça ?

— Oui ! Elle peut l'avoir contractée et la transmettre à d'autres.

— Mon Dieu ! Mais c'est effroyable ! Que peut-on faire ? On ne peut pas la laisser comme ça !

— Hélas ! Face à ce virus foudroyant, la médecine est bien démunie. Pas de vaccin ni de médicaments curatifs. Il y a juste des remèdes de fortune, et ils sont souvent transmis par le bouche-à-oreille. Certains confrères prescrivent des saignées.

— Mais alors, il y a peu d'espoir !

— Vous pouvez toujours essayer de la quinine ! On ne sait pas vraiment comment combattre cette grippe. Il y a bien sûr les antiseptiques, l'aspirine…, mais, face à la maladie de maintenant, je dois vous avouer mon impuissance.

Il n'a pas cessé d'observer Louise, tout en parlant d'elle. Il l'a mise au monde. La voir s'en aller ainsi lui est insupportable. Mais il ne peut pas s'attarder.

— Je dois vous quitter. Je suis attendu auprès d'autres malades. N'hésitez pas à me faire appeler si besoin.

Une fois le docteur reparti, Hortense Bertillac décide de s'occuper de sa belle-fille.

— Ne crains rien, ma fille ! Je suis là, et il n'est pas question que je ne fasse rien pour t'aider !

La mère de Léopold ne veut pas se protéger plus que nécessaire. Elle passe des linges humides sur le visage de sa belle-fille. Elle n'en a que faire de la contagion, elle estime avoir fait son temps sur terre. Elle a aussi cru comprendre que seuls les individus âgés de 15 à 45 ans risquaient d'être contaminés. Elle va en avoir 75, alors…

Ce qui est beaucoup plus difficile, c'est de faire admettre à Léonie qu'elle ne peut pas se trouver en présence de sa maman. La fillette est encore très jeune, mais il vaut mieux se montrer prudent.

— Mais je veux voir maman !

— Non, ma chérie. C'est impossible. Elle est trop malade, il faut qu'elle se repose.

Léonie s'accroche à la poignée de la porte de la chambre, fermée à clef. Sa grand-mère la détient dans une poche de son tablier.

— Maman ! Maman ! Je veux te parler ! Laisse-moi entrer !

Elle voit toutes ces mines graves et cet affairement autour de sa mère. Elle se met à pleurer.

— On m'empêche de te voir !

Hortense est allée se renseigner. Les quelques clientes de l'épicerie du village ont entendu vaguement parler de la maladie qui se répand comme une traînée de poudre.

— Vous pouvez utiliser de l'huile de ricin, du formol et même… du rhum. Il paraît que les grogs sont de bons stimulants !

— J'ai entendu dire que l'essence de térébenthine faisait ses preuves, ainsi que l'arsenic ! Mais pourquoi est-ce que vous posez cette question ? Il y aurait quelqu'un de malade chez vous ?

Hortense a quitté les lieux sans donner de réponse. Mais les femmes ont deviné que quelque chose se tramait.

Elle est de retour au chevet de Louise.

Celle-ci reste dans la chaleur de son lit sans bouger, pour éviter de contaminer d'autres personnes, ce qui est préconisé en cas de courbatures et de fièvre, si caractéristiques du déclenchement d'une grippe. Mais celle de Louise n'est pas anodine.

Elle se met à délirer.

— Léonie, ce n'est pas de ma faute… Dis à ta grand-mère que papa ira la chercher… Ce n'est pas moi ! Je n'ai jamais voulu… Je veux voir Théophile !… C'est toi, Léopold ? Tu rentres à la maison ?…

Louise souffre de la gorge, du cou, et ses amygdales se gonflent et prennent une couleur noire. Elle donne l'impression d'étouffer. Ce n'est pas qu'une impression, son système immunitaire s'est emballé. Il y a une réaction excessive dans ses poumons, qui deviennent saturés de fluides.

Deux jours après le déclenchement de la maladie, la couleur de son visage s'est mise à prendre une teinte rose bleu. Sa peau s'est assombrie en raison du manque d'oxygène. Il s'agit, d'après le médecin rappelé à son chevet, d'une cyanose héliotrope. Ses pieds eux-mêmes ont viré au noir. Elle est en très grande souffrance.

Elle va suffoquer pendant des heures interminables. Son visage s'agite sur l'oreiller. Sa longue chevelure est trempée de sueur, sa bouche cherche désespérément à happer l'air de la pièce. Elle lutte pour le trouver. De son nez et de sa bouche émane une écume teintée de sang. Tous les efforts de Louise pour faire entrer l'air dans des poumons, dont l'inflammation s'est combinée avec l'hémorragie, sont vains.

Sa belle-mère ne peut contenir ses larmes, tandis qu'elle assiste, impuissante, à l'agonie de sa belle-fille, et qu'elle entend les ruades de Léonie contre la porte de la chambre fermée à clef.

— Ouvrez-moi ! Maman ! Dis quelque chose ! Je veux entrer et te parler !

Ses grands-parents éloignent de force une petite fille rouge de colère, incapable de se faire entendre par les grandes personnes, ses larmes exprimant un désespoir que nul ne comprend.

Après avoir cherché l'air en vain, Louise finit par sombrer dans le coma.

Le père Fauvier a insisté pour lui rendre visite. Il a saisi qu'elle ne s'en remettrait pas. Il est seul auprès d'elle. Il se penche au-dessus de son visage, lui caresse la chevelure.

— Ne crains rien, Louise. Tu peux partir. Je te promets de veiller sur les tiens. Cesse de lutter pour épargner ceux que tu laisses. Nous n'abandonnerons pas Léonie, nous allons veiller sur elle.

Il lui touche délicatement les joues, et ne cherche pas à réprimer les larmes si longtemps contenues depuis la mort de son épouse.

Avant de perdre conscience du monde qui l'entoure, Louise a juste le temps de penser à sa fille, trop jeune pour devenir orpheline ; à son mari, avec lequel elle se sentait prête à entamer une nouvelle vie ; à son frère, qu'elle aurait aimé accueillir à son retour des camps allemands, qui lui avait promis de tout faire pour se maintenir en vie ; et à sa mère, abandonnée dans un asile d'aliénés. La mort met fin à ses souffrances.

Elle part rejoindre ce père tant regretté, dont le décès prématuré a été le déclenchement du bouleversement de leur cellule familiale. Ils vont être tous deux ensevelis sous cette terre tant chérie qui les a nourris et leur sert de couverture. A-t-elle eu le temps d'imaginer sa rencontre avec son Créateur, en qui il lui arrivait parfois de croire ?

Tout n'est plus à présent que vide, néant, oubli. Stupeur et pleurs. Louise est passée du sommeil à la mort. Elle s'apprête à rejoindre son tombeau.

Léonie a beau verser des larmes et taper du pied, les adultes sont sourds à ses requêtes.

Ses grands-parents, murés dans leur chagrin, sont incapables de la consoler.

– 41 –

Il n'y a pas de cérémonie à l'église, considérée comme un lieu de contagion. Le prêtre, le visage recouvert d'un masque blanc, a eu juste le temps de lui administrer les derniers sacrements avant que Louise ne sombre dans le coma. Elle est la huitième victime du village, déjà vidé de ses hommes. Tout semble à l'arrêt.

Le chien a été retrouvé mort le même jour. Il était certes âgé, mais c'est un peu comme s'il n'avait pas résisté à ce deuxième événement. Il a perdu deux maîtresses auxquelles il était attaché.

Louise a pu bénéficier d'un cercueil. Elle n'est pas inhumée dans une fosse commune, le corps recouvert d'un drap blanc sur lequel on jette de la chaux, comme cela se fait dans les endroits où les morts ne cessent de se succéder.

Mais la cérémonie est de courte durée, les rares habitants présents affichent des masques en tissu. La méfiance devient la consigne. Chacun peut être porteur du virus. Il faut éviter de respirer l'air ambiant.

Léonie aura bientôt 5 ans. On lui a expliqué que sa mère se reposait. Sa rage des premiers temps s'est muée en un calme empli de résignation. Mais un calme troublé par moments par les soubresauts de sa colère contenue.

— Comme le père de mon amie Lucie ? Mais alors, elle ne va pas arrêter de se reposer. Car le père de Lucie n'est pas revenu. Mais j'ai encore plein de choses à dire à maman : que je regrette de ne pas lui avoir obéi l'autre jour quand elle m'a demandé de fermer le clapier et que je n'ai pas voulu et que le mâle s'est échappé ! Et je voulais lui montrer où j'avais caché ses ciseaux à couture.

Léonie laisse alors éclater son chagrin.

— Pourquoi est-ce qu'on m'a interdit de la revoir ? Ce n'est pas juste ! Ce n'est pas juste !

Elle se met à donner des coups de pied dans tout ce qui se trouve sur son chemin. Les parents de Léopold ne peuvent s'abstenir d'être émus devant la vision de cette fillette. Elle fait déjà preuve d'une grande détermination, et d'une extrême maturité pour son âge. Ils espèrent que leur fils reviendra de cette maudite guerre pour s'occuper d'elle.

Ils ne peuvent s'empêcher d'éprouver de l'appréhension. Louise veillait sur lui. Que va-t-il advenir maintenant qu'elle les a quittés ?

– 42 –

De nombreux prisonniers quittent l'Allemagne par leurs propres moyens, à pied, en charrette, en automobile, en train. Le retour dans leur foyer est chaotique et très mal organisé.

À son arrivée en France, Théophile doit passer des examens médicaux. Ensuite, il est envoyé dans une caserne pour remplir des formulaires et être interrogé. Les autorités s'efforcent de rassembler des preuves de mauvais traitements, ce qu'il réfute pour ne pas avoir à rester plus longtemps loin de sa famille.

Le voilà enfin dans son village.

Il reconnaît certaines mères. Il y a des veuves, des femmes dont les maris sont mutilés… Il tombe dans les bras du Père Fauvier, n'est pas étonné de ne pas apercevoir Armelle, mais ses yeux cherchent désespérément celle pour laquelle il a tenu bon : Louise.

— Et ma sœur ? Où est Louise ? Elle devrait être là ! Elle avait promis qu'elle serait présente pour m'accueillir quand je reviendrais.

Un lourd silence s'installe autour de lui.

— Vous ne dites rien ! Pourquoi est-ce que vous ne dites rien ?

Il ne lui faut pas longtemps pour comprendre. Il se met à courir comme un fou en direction du cimetière. Il pousse violemment le portail d'entrée et se précipite au pied du caveau familial des Druard. Il voit ce qu'il appréhendait d'y trouver. Il lit et relit le prénom de Louise.

— Louise ! Tu avais promis d'être là à mon retour ! Je t'avais juré que je ferais tout pour revenir. Mais tu ne m'as pas attendu ! Tu ne m'as pas attendu !

Il se laisse tomber à genoux. Il martèle la terre de ses poings.

— Qu'est-ce que je vais devenir ? Qu'est-ce que je vais faire sans toi ? Mais c'est impossible ! Je n'en ai plus rien à faire de cette terre qui te recouvre à présent. Tu méritais de vivre, Louise ! Vous auriez fini par être heureux, toi et Léopold. J'en suis sûr. Oh ! J'aurais dû mourir là-bas, Louise, avec tous les autres ! Oh, Louise, Louise ! Non ! Ce n'est pas possible ! C'est pas Dieu possible !

Léonie a vu son oncle passer en courant devant la ferme. Elle le rejoint au cimetière. Elle glisse sa petite main dans la sienne. Elle ne voit pas l'âne Frondeur à ses côtés, comme sa mère le lui avait dit, mais elle ne l'attendait plus.

— Oncle Théophile ! Si tu savais comme je suis contente que tu sois de retour. Papa n'est pas là, je n'ai plus que toi !

Il se relève, essuie ses larmes du revers de sa vareuse, et soulève Léonie. Elle ressemble tant à sa maman ! Il la couvre de baisers, et l'emmène dans ses bras jusqu'à la demeure familiale, auprès de ses grands-parents paternels.

Arrivé chez eux, il y dépose sa nièce, puis se rend chez sa sœur, dont il souhaite voir la chambre. Il y pénètre, repousse la porte derrière lui, tire un fauteuil qu'il rapproche du lit où Louise s'est éteinte. Ses yeux se ferment tout en laissant passer ses larmes.

– 43 –

Gustave Fauvier a préparé la chambre que Théophile occupait avant son départ. Ils ont mangé. En silence. Au bout d'un moment, Théophile s'apprête à parler. Le Père Fauvier semble avoir lu dans ses pensées.

— Oui, elle a souffert. Et même si l'entendre te fait mal, elle est mieux là où elle se trouve que sur son lit, à attendre sa fin.

Le silence s'installe à nouveau.

Le Père Fauvier reprend :

— Ça fait du bien de te revoir ici, fils. Je suppose que tu n'as pas trop envie de raconter ce que tu as vécu.

Théophile tire un livret de son sac.

— Tenez ! J'ai tout consigné dans ce carnet. Vous serez le seul à le lire, parce que je sais que vous ne porterez pas de jugement. J'ai toute confiance en vous. Vous êtes le père que j'ai perdu à l'âge de 12 ans. Je sais que mon sort est enviable par rapport à celui de ceux qui ont combattu sur le front pendant quatre ans, et, vu le peu de gens venus m'accueillir, je devine que le fait d'avoir été prisonnier est jugé comme quelque chose de honteux. Non ! Je n'ai pas fait partie de ceux prêts à sacrifier leur vie pour la patrie. Je ne termine pas les tripes à l'air et je n'aurai pas mon nom inscrit sur un monument de commémoration ! Mais les gens ne devinent pas ce que des gars comme moi ont eu à endurer ! Je n'ai pas l'intention de rougir d'avoir sauvé ma peau ! Et le camp n'était pas un centre de vacances, vous pouvez me croire ! Ce n'est sûrement pas à moi qu'on va remettre la Médaille militaire et la Croix de guerre ! Mais qu'importe ! J'en ai rien à faire des honneurs, et l'année que j'ai passée sur les lignes avant d'être arrêté ne s'effacera jamais.

Le père Fauvier sent de l'amertume combinée à de la tristesse.

— J'ai préféré écrire à partir de ce que j'ai vu et surtout entendu. J'y décris, au début, les conditions de vie dans mon camp, mais certains hommes du baraquement où j'étais prisonnier m'ont confié leurs propres témoignages, ou ceux de camarades qui leur ont laissé des lettres. J'ai tout rassemblé. Vous lirez. Il m'est trop douloureux de parler de cette guerre. Le pays s'interrogera longtemps sur la nécessité de tous ces massacres inutiles. On a envoyé toute une jeunesse à l'abattoir.

Théophile se lève de table. Il regarde Gustave droit dans les yeux.

— Merci. Merci pour tout. Merci d'être là au moment où ma vie n'a plus de sens.

Il voudrait étreindre le vieil homme assis à ses côtés, coiffé de son béret noir, vêtu de son éternel pantalon de velours côtelé gris et de sa chemise blanche. Ce dernier s'est levé à son tour, mais un trop-plein d'émotion et de pudeur mêlées empêche Théophile de s'en approcher pour le prendre dans ses bras.

— Je vais faire un brin de toilette et essayer de dormir.

Une fois Théophile parti, le père Fauvier s'assied près de la cheminée, la gorge nouée. Il contemple un moment la couverture marron et usée du carnet, puis se décide à entrer dans l'intimité d'une guerre qu'il n'a jamais comprise. Qui pénètre soudainement et brutalement chez lui le temps d'une lecture, celle du journal de celui dont il avait tant attendu le retour.

Il sent, au fil des pages, le souffle de cette guerre à travers tout son corps. L'air vicié du conflit est dans sa pièce : soldats couchés dans des trous d'obus, occupés à attendre la mort…, puanteur des cadavres recouverts puis exhumés, relents de putréfaction mêlés à ceux de gaz et poussière, mouches et rats sur des corps en décomposition dans les tranchées, bruits des canons, villages déserts et convois de chevaux blessés, sifflement des balles, lance-flammes des soldats ennemis, obus percutants qui explosent en touchant le sol, cris des blessés…, routes éventrées, chemins cabossés, boue engendrée par les pluies diluviennes qui transforment les hommes en statues argileuses, recouvrent les chevaux morts, les véhicules abandonnés…, maisons détruites, civils massacrés, perte d'espoir de voir la guerre se terminer un jour…

Il partage l'opinion des combattants pour lesquels les hommes d'en face, leurs supposés ennemis, leur ressemblaient. Ils étaient des êtres humains. Ils n'étaient pas tous les brutes sanguinaires que l'on dépeignait. Apparaît au détour d'une page le récit d'un camarade qui avait raconté à Théophile avoir bu le vin qui restait dans le bidon d'un Allemand. Celui-ci le lui avait gentiment offert, de même qu'il était allé chercher de la paille pour que le Français ait plus chaud.

Le père Fauvier est à la guerre. Il est l'un de ces combattants anonymes.

Il parcourt les pages les unes après les autres, le cœur lourd de ce qu'il y découvre. Un soupir se fait entendre de temps à autre dans le silence de la pièce. Une larme est parfois essuyée du revers de sa manche.

Tous les témoignages relatent la même chose, et font état de l'incompréhension et du désarroi de ces hommes arrachés à leur quotidien.

***

Suis courbaturé, n'en peux plus, voilà le 14e jour sous le fer et le feu, les hommes sont presque abattus, terrible, nous ne serons donc jamais relevés.

Matin, pluie de fusant quinzaine de blessés dont mon frère d'armes DUMUR (pas grave), c'est presque intenable, ma pèlerine est criblée d'éclats, je ne suis pas dedans heureusement. (...) Passons l'après-midi dans ce boyau repéré, 3 fois sommes à moitié enterrés.

Oh civils de l'armée, si vous voyez notre situation, comme la guerre serait vite finie ! Chère femme, chers parents, si vous me voyez dans cette misérable excavation qui s'ébranle à chaque coup de canon.

Et dire qu'il faudra encore passer la nuit sur cet amas de pierre, c'est désespérant, pourtant il y a des régiments en arrière (...) Le régiment a perdu plus de 800 hommes, sont tués et blessés !!![18]

C'est la première victime de la guerre que je vois et je rêve à tout ce que ce jeune corps renfermait d'espérances pour l'avenir.

À dix pas de là, le petit cimetière des soldats tués à l'ennemi. Je vais le parcourir. À chaque tombe, une croix et sur une petite pancarte, un nom et quelques chiffres. Je lis quelques noms...

Et pourtant, sur tout cela, le soleil luit joyeux...

---

[18] *Carnet de guerre*, Émile Serre.

Il est déjà grand, ce petit cimetière...[19]

Des morts plein les routes jusqu'à 7 kilomètres à l'arrière. Les convois passent dessus, les écrasent et les embourbent et les schrapnells gros comme des noix pleuvent sans arrêt. Notre tranchée n'est qu'un modeste fossé creusé à la hâte. Nous y restons tapis en attendant que les Boches attaquent.

Le 27 au soir nous contre-attaquons à la nuit tombante. Nous avançons sous un feu d'enfer, toutes les figures me semblent avoir des expressions extraordinaires. Personne ne semble avoir peur, car chacun sait ce qui l'attend. On n'entend que le crépitement de la fusillade, les éclatements des obus, et les cris étouffés de ceux qui sont frappés.[20]

Dans la nuit, les pionniers enterrent les cadavres qui sont là depuis 15 jours, besogne macabre et qui ne leur plaît guère. Mais pourquoi chaque régiment n'enterrerait-il pas ses morts chaque soir de bataille. Comment identifier ces malheureux en décomposition, qui ira leur retirer leur plaque d'identité ou leur livret ? Pauvres familles, vos fils vous seront signalés comme disparus et jamais vous ne saurez ce qu'ils sont devenus, terrible pensée.[21]

Dans les tranchées certains morts sont debout appuyés au parapet. D'autres couverts de sang, le corps ou le crâne ouverts gisent près des abris ou sur le bord de la route. Ces malheureux sont jeunes pour la plupart. Ils vont rester ainsi plusieurs jours ainsi sans sépultures. Et je songe que chacun a dans son pays respectif une famille qui pense à lui et qui attend son retour...[22]

Je constate que l'état d'esprit est le même à peu près dans tous les régiments qui montent aux tranchées... tout le monde en a assez et désire que tout cela cesse à tout prix. Nous voulons la victoire par la paix tandis que d'autres veulent la paix par la victoire...[23]

***

Gustave apprend que l'armée allemande emploie des prisonniers de

---

[19] Extrait d'une lettre de Paul Fournier.
[20] Armand Dupuis.
[21] Albert Carrie.
[22] Alexandre Delouche.
[23] Alexandre Robert.

guerre jusque dans les zones directement exposées au feu, sans même que ce soient des représailles.

Le vieil homme en a assez lu pour ce soir. Chaque témoignage relate, à sa façon, l'absurdité de cette guerre qui a endeuillé le pays. Des veuves, des veuves blanches, ces femmes, dont les fiancés sont décédés avant d'avoir pu les épouser, des pupilles de la nation, des couples séparés, des infirmes… Se pouvait-il que l'humanité soit uniquement capable de faire le mal ? Dieu devait bien rire de voir les hommes s'entre-tuer. Les avait-il mis sur terre dans ce seul but ? Une terre de folie. Il éprouve le besoin de l'écrire. Lui permettre de tenir son désespoir à distance. Pour ne pas y sombrer.

Bonheur illusoire
De la vie sur terre.
Bonheur transitoire
Au parfum amer.
Folie meurtrière,
Vision sanguinaire.
Pires que des bêtes
Les hommes sont fous.
Le sang de leurs têtes
Se répand partout.
L'espoir s'effrite,
L'amour est en fuite.
Mais au nom de qui
Cette barbarie ?
Qui ferme les yeux ?
Qui se montre sourd
Aux pleurs des gens
Qui longtemps ont cru
En un dieu clément
Père des innocents ?[24]

Gustave Fauvier ne croit plus en rien, surtout depuis le décès de sa femme et de leur bébé.

---

[24] *Évocations*, recueil du même auteur, EHJ, 2017.

Et qu'on ne vienne pas lui parler des voies impénétrables du Seigneur, ou du projet qu'il avait pour lui. Lui, Gustave, en a un : faire en sorte que Théophile reprenne goût à la vie pour la petite Léonie.

– 44 –

La sortie de la guerre et la démobilisation qui l'accompagne s'échelonnent jusqu'à la fin de l'année 1919.

Léopold est de retour au village par une matinée brumeuse de février 1919. On distingue avec peine sa silhouette sombre qui avance à pas lents sur la route. Léonie est occupée à nourrir le chien, qui lève la tête et se met à aboyer.

La fillette se redresse, marque un temps d'arrêt, puis court se jeter dans les bras de son père.

— Papa ! Papa !

Celui-ci la soulève du sol, et tous deux se mettent à tournoyer en mêlant leurs rires. Les cris de joie et les aboiements du chien font émerger de l'intérieur de la ferme les parents de Léopold, qui lui paraissent si frêles et vulnérables. Sa mère, encore plus petite que dans son souvenir. Son père, encore plus âgé. Il ne leur avait pas prêté beaucoup d'attention lors de sa dernière permission. Il prend soudainement conscience du temps qui a passé depuis son départ sur le front.

— Et Louise ?

— Mon pauvre petit ! lui dit sa mère en se mettant à pleurer. Nous n'avons rien pu faire contre cette satanée grippe !

Léopold repose lentement Léonie tout en restant muet. Que signifient ces larmes ? Elle allait bien, la dernière fois qu'ils s'étaient vus lors de sa permission ! Il est au courant de la maladie qui s'est récemment répandue. Sa femme aurait été victime de cette maudite épidémie qui a fait des morts jusque dans leurs trous à rats ? Mais c'est lui qui aurait dû mourir !

Il a eu mille fois l'occasion de perdre la vie. Il a été épargné, pour qu'on lui apprenne le décès de celle qui n'aurait jamais dû quitter cette terre.

Il ne parvient pas à parler.

Il prend Léonie avec lui et disparaît dans sa maison, où il s'enferme avec elle plusieurs heures dans la chambre, face au lit des ultimes souffrances de Louise.

Ses parents sont inquiets. Puis soulagés lorsqu'il émerge au bout de plusieurs heures, toujours accompagné de Léonie.

— Je ne veux plus coucher dans cet endroit.

— Mais il y a Léonie !

— Qu'elle reste avec vous ! J'ai besoin d'être seul.

Personne n'ose le contredire. Ses parents le voient alors se diriger vers la grange, où il décide de s'installer. Léopold était depuis plusieurs mois obsédé par son retour. Sorte de réflexe de survie, refus d'une mort éventuelle. Il savait que Louise l'attendait et qu'avec elle il allait pouvoir s'épancher, partager son expérience du front. Sa dernière permission lui avait donné l'impression que son couple allait pouvoir se reconstruire.

⁂

Il se met à se retrancher dans un mutisme quotidien, à éprouver des moments d'intense anxiété, à faire des cauchemars nocturnes… et noie de plus en plus régulièrement son mal-être dans l'alcool.

Il avait rêvé, idéalisé ses retrouvailles avec Louise. Confronté aux violences extrêmes du combat, il doit maintenant subir celle causée par l'annonce de la mort de sa femme. Pourra-t-il jamais s'en remettre ?

Léonie doit affronter le silence de son père quand elle le croise dans la cour de la ferme. Il participe mécaniquement aux travaux agricoles, aidé par Théophile, muet, lui aussi, de son côté. Deux revenants d'un conflit qui les a rendus étrangers à eux-mêmes ainsi qu'aux civils restés à l'arrière. Comment exprimer l'indicible ? L'horreur à laquelle ils ont été confrontés ? Est-ce que leur attitude est une façon d'abolir la guerre de leur mémoire, de prétendre qu'elle n'a jamais commencé ?

Théophile et Léopold illustrent le fossé qui s'est creusé entre civils et militaires. La plupart des combattants, après avoir vécu au plus près de la mort, ont le sentiment d'être en décalage avec ceux qui n'ont pas partagé leur expérience.

Des hommes sont partis en se demandant s'ils reviendraient jamais, tandis que les gens restés à l'arrière étaient loin d'imaginer l'horreur du quotidien de ceux qui les avaient quittés pour défendre la patrie…

Des militaires retrouvent leurs épouses et leurs enfants, et ce qui est pour certains un moment de bonheur est vécu de façon dramatique par d'autres.

Le père que Léonie a vu partir au combat n'est plus le même, se montre peu chaleureux, distant, semble ne pas la reconnaître. Il devient un étranger.

Tout le monde autour d'eux souhaiterait que le temps apaise leurs blessures. Mais la tâche s'annonce longue et difficile, encore plus pour Léopold, qui a toujours eu besoin d'un tuteur pour l'aider à se porter.

– 45 –

Comme beaucoup d'autres hommes, Léopold dérange une existence construite sans lui. Avec, en plus, son veuvage à accepter.

Sa fille et lui doivent retisser des liens distendus, faire coïncider des images de vies idéalisées avec la nouvelle réalité du quotidien. Leurs retrouvailles sont un échec.

Léopold en parle à ses parents, un soir où il se sent miné par son incapacité à reprendre son rôle de père.

— Je n'y parviendrai pas. Je ne réussirai jamais à lui rendre celui qu'elle a connu auparavant, capable de s'occuper d'elle correctement. Je ne suis plus celui qu'elle a quitté au début de la guerre. Elle attendait un père aimant, rassurant. Or, je suis empli de peur et de dégoût. Elle ne me reconnaît pas. Je ne parviens plus à la faire rire.

Il se prend la tête dans les mains, pour cacher son désespoir.

— Je n'étais peut-être pas un excellent père avant, et je ne vous ai jamais donné beaucoup de satisfactions en tant que fils, mais je m'étais juré de changer si je revenais de cette maudite guerre !

Il est, hélas, de retour dans une maison vide. Même sa ferme n'a plus de raison d'être, avec son écurie vidée de ses occupants, ses deux chevaux sacrifiés sur l'autel d'une guerre mensongère et inutile.

Pendant qu'il essayait de récupérer des blessés, une autre guerre se livrait dans son foyer. Oui ! C'est ici qu'il aurait dû être, pour combattre l'ennemi qui avait pris possession du corps de son épouse, qui n'avait pas tenu compte de la jeunesse de Louise et des circonstances pour l'épargner. Le mal l'avait dévorée peu à peu, et avait fini par la tuer.

La boisson est devenue son refuge quotidien. Les avertissements de ses parents ne sont d'aucun secours.

— Pense à Léonie, Léopold. Et tu te fais du mal.

Une fois qu'il est saoul, les cauchemars nocturnes de Léopold disparaissent. Il cherche la paix par tous les moyens.

Léonie a sous les yeux le spectacle permanent d'un homme ivre. Elle en a parfois peur, appréhende ses cris, comme ceux qu'il pousse à l'encontre du nouveau chien lorsque ce dernier aboie. Youka est venu remplacer Loupi. Un nouveau chien de berger, dont Léonie a choisi le nom.

Elle se tourne alors vers son oncle, que les échanges avec le père Fauvier parviennent peu à peu à calmer. La petite Léonie devient la nouvelle bataille de Théophile. Une bataille pour que sa nièce s'épanouisse, saisisse la vie et ne la subisse pas. Tous ces hommes ne peuvent pas avoir souffert ou être morts pour rien.

Les parents de Léopold en discutent avec Théophile.

— Nous aimons notre fils, mais nous avons bien conscience qu'il faudrait que tu prennes Léonie en charge, que tu en deviennes le tuteur. Léopold est d'accord. Il a encore quelques éclairs de lucidité pour se rendre compte que ce serait la meilleure solution.

Des actes notariés confient ainsi la tutelle de Léonie à son oncle Théophile. Déchargeant Léopold d'obligations paternelles qu'il est incapable d'assumer. En raison de sa condition de veuf, et de ce qu'il vient d'endurer dans les tranchées.

– 46 –

La vie reprend tant bien que mal au village. Mais plus rien n'est comme avant.

— Que voulez-vous qu'on fasse sans nos hommes, sans nos bêtes réquisitionnées, elles aussi ? Nos étables et nos écuries sont vides !

Plusieurs femmes à bout se sont rassemblées pour montrer leur colère.

— On n'a pas pu faire les labours aussi bien, car on ne peut pas remplacer les bêtes de trait ! On n'a pas leurs capacités physiques !

— Y faut pas nous demander des récoltes qu'on ne peut pas obtenir.

Non ! Plus rien n'est comme avant.

Les villageois ont l'impression de se réveiller d'un mauvais rêve. Qui est devenu cauchemar pour plusieurs familles. Des hommes disparus, invalides, traumatisés, et des femmes décédées, veuves ou adultères…

Un très grand nombre de fermes ont été frappées par des deuils : pères, fils, plusieurs membres d'une même fratrie… Une des fermes du village va justement être cédée. Elle était exploitée par Marie et son frère Achille. Ils avaient toujours vécu ensemble isolés, depuis la mort de leurs parents lors de l'incendie de leur grange.

***

Marie est âgée de 35 ans et son frère de 30 ans lorsqu'il part au combat. Marie se retrouve seule et obligée de demander de l'aide. On lui envoie Gunther, un prisonnier allemand de 25 ans qui arrive début 1916.

Achille ne répondant plus à ses lettres, Marie ne peut pas savoir ce qu'il pense de la présence de Gunther à la ferme. L'aide apportée par le jeune homme lui est très précieuse. Elle apprend avec le temps qu'il vient d'un petit village du Bad Wurtemberg, qu'il aime bien rire et chanter. Elle apprécie de travailler en sa compagnie.

Et n'est pas insensible à son charme, un charme peut-être dû à ses yeux rieurs, qui dissimulent mal sa tristesse.

Un jour, plusieurs mois après le début de leur collaboration, alors que Marie est occupée à ramasser des œufs dans le poulailler, Gunther vient la surprendre. Ils sont à l'abri des regards derrière la ferme. Il se tient debout à l'entrée tandis qu'elle ressort, chargée de son panier. Il veut l'aider à fermer l'enclos. C'est alors qu'il pose sa main droite sur celle de Marie. Elle le laisse faire. Elle sait ce qu'elle risque à être séduite par un soldat ennemi pendant que son frère est en train de se battre. Gunther entraîne Marie un peu plus loin. Ils s'allongent dans l'ombre que projette la toiture sur le sol. La main du jeune Allemand se glisse dans le corsage de Marie. Là encore, elle ne dit rien. Il fait beau.

— Je n'ai… jamais… voulu partir combattre ! parvient-il à lui dire dans un français hésitant.

Marie s'abandonne sans un mot prononcé, sans le moindre signe de rébellion, dans les bras de ce jeune homme qui lui offre toute sa tendresse. Ils sont un îlot de douceur dans un monde où la barbarie anime les hommes. Ils deviennent amants à partir de ce jour-là.

Gunther quitte la vie de Marie avec l'Armistice. Ils n'ont pas le temps de se dire au revoir. Il part sans savoir qu'elle est enceinte de trois mois.

Début décembre 1918, une lettre informe Marie du décès de son frère, qui a fait *acte de bravoure jusqu'au sacrifice de sa vie*. Son corps a été pulvérisé par un obus.

Marie repose à présent au cimetière du village, auprès de ses parents, après avoir été découverte pendue dans l'écurie.

***

Gunther a fait comme Théophile. Une fois libéré, il est rentré chez lui, avec le souvenir de Marie en tête. Le village ne l'a pas accueilli comme un héros et, même si les villageois avaient voulu le fêter, ils n'en auraient pas eu l'occasion. Le jeune homme n'a pas survécu à la grippe espagnole qui avait commencé à tuer dans son baraquement, en France. Son retour chez lui s'est effectué dans un cercueil plombé.

– 47 –

Une famille de réfugiés va s'installer dans la ferme de Marie. Il s'agit des Sadler, des agriculteurs d'une région située plus au nord. Ils sont arrivés dans le village après avoir tout perdu. Leur ferme était placée non loin des combats, à l'endroit où s'était établie une guerre de position.

— Il faut qu'on parte ! On va être pris sous les obus.

— Mais on va abandonner le lieu où on a toujours vécu.

— Y'a pas d'autre solution ! C'est ça ou mourir.

C'est ainsi que les Sadler se sont enfuis pour ne pas être confrontés aux incendies qui transforment les demeures en brasier, aux fusillades, aux mises à sac des villes et villages, aux exécutions sommaires, aux bombardements, ainsi qu'à l'utilisation de civils comme boucliers humains.

Le père Sadler s'attriste, mais il ne peut plus vivre dans un lieu de désolation qu'il ne reconnaît plus. Il espère que ce changement de vie sera une expérience moins traumatisante que celle de la guerre qui fait rage autour d'eux.

Les Sadler sont parmi ces milliers de gens qui prennent la route à bord de tous les moyens de transport envisageables, véhicules qui débordent de ce que chacun a pu emporter, ou a réussi à récupérer. Enfants et vieillards souvent assis sur le dessus, suivis des plus valides qui cheminent à leurs côtés, ils traversent des paysages torturés, des villages calcinés, qui laissent deviner l'ampleur des destructions et des tueries.

⁂

Ils ont pris le chemin de l'exode dès le début des offensives. Le père, Arsène, et sa fille Marinette, âgée d'une quarantaine d'années, ont fait la route à bord de leur charrette, et ont fini par aboutir dans la région. Ils espèrent que le mari de la fille, Maxime, viendra les rejoindre.

Les Allemands l'ont envoyé dans un camp pour prisonniers civils. Ils sont sans nouvelles de lui. Arsène et Marinette n'en auront que plus tard, à la fin du conflit, quand ils apprendront que Maxime est lui aussi mort de la grippe espagnole, un fléau responsable de plus de décès que la guerre elle-même.

Des connaissances, rescapées des camps où elles avaient été détenues, leur disent que les habitants des territoires occupés dans le Nord ont été souvent évacués vers un camp de prisonniers allemands, en attendant d'être échangés contre des Alsaciens-Lorrains, prisonniers dans un camp français.

— On a dû, la plupart du temps, voyager dans des wagons à bestiaux, au milieu d'autres prisonniers, pendant plusieurs jours, avec très peu de nourriture hormis des quignons de pain qui nous ont parfois été donnés. Dans les camps où on était internés, on était logés sous des tentes, obligés de coucher sur des paillasses dont la garniture n'était jamais renouvelée. On n'avait que de maigres couvertures pour se protéger contre le froid. Sans parler de la lutte qu'on a eue à mener contre la vermine ! Les poux nous rendaient la vie impossible !

Les Sadler ont été assez bien accueillis. Ils sont venus aider dans les fermes en échange du gîte et du couvert. Chaque domaine a pu, à tour de rôle, bénéficier de leur assistance. Ils sont à présent appréciés par les villageois. Aussi, quand la demeure de Marie se trouve inhabitée et mise en vente, il leur vient l'idée de s'y installer. Ce sont des travailleurs, ils auront tôt fait de la payer. Ils vont se réinventer une vie à des kilomètres de leur terre natale, redonner un sens au quotidien, s'adapter à un nouveau cadre et se faire d'autres amis.

Le père Fauvier en est ravi. Ça l'ennuyait de voir la ferme de Marie à l'abandon. Il aimait bien Marie. Il avait vite compris qu'elle avait entamé une liaison avec Gunther. Mais il avait fermé les yeux. Qui était-il pour juger que leur relation était immorale ? Gunther avait été fait prisonnier dès le début de la guerre. Il n'avait pas eu le temps de tuer. Il s'était trouvé des deux côtés de la frontière franco-allemande des hommes que la barbarie n'avait pas eu le temps de gagner.

Le jeune Allemand avait essayé d'échanger quelques mots avec lui, mais il parlait mal le français. Et Gustave ne parlait pas l'allemand, ce qui rendait parfois les conversations difficiles et souvent risibles. Gunther lui avait montré une photo de sa famille :

— Voici mes parents et *mon* sœur Hilda !

Elle était aussi brune que lui était blond !

Il avait réussi à dire qu'il aimait bien la France, et que la guerre le désolait. Marie était venue leur servir à boire, et Gustave avait surpris le regard échangé. Un regard qui ne mentait pas, un regard d'amour comme ceux partagés avec sa défunte épouse.

De retour chez lui, il s'était dit que Marie, celle dont il avait séché les pleurs au moment du décès de ses parents, méritait un peu de bonheur. Qu'il fallait qu'elle saisisse ces instants de félicité au milieu d'une guerre qui ne faisait que répandre la mort et le malheur, faisait oublier aux hommes que l'on pouvait se toucher autrement qu'en ayant envie de se battre et de se détruire mutuellement au moyen d'un fusil, d'un poignard, ou encore d'une baïonnette, mais plutôt mû par l'envie de s'aimer et de se caresser.

⁂

Gustave n'aura aucun mal à convaincre Théophile de rencontrer les gens du Nord.

La ferme de Marie est juste après le virage. Il est vrai que Théophile la fréquentait peu. Marie et son frère donnaient l'impression de vouloir vivre isolés du reste des villageois. Ils ne participaient pas à la fête du 14 juillet ou autres rassemblements festifs.

Mais il y a une chose dont Gustave devra parler avec Théophile, à la suite de leur discussion de la veille.

— Vous avez vu Armelle pendant mon absence ?

— Oui, fils. Elle a beaucoup travaillé avec ta sœur. Elle ne ménageait pas sa peine.

— En trois ans de captivité, j'ai reçu très peu de lettres d'elle. Elle n'était pas là quand je suis revenu. Elle a disparu. C'est son voisin qui est maintenant propriétaire de la ferme. Elle ne m'a laissé aucune explication.

Je ne suis pas surpris qu'elle ne m'ait pas attendu. Mais est-ce que vous savez quelque chose ? Vous pouvez me parler, je suis prêt à tout entendre.

— Bah, c'est que je ne sais pas grand-chose !

Si. Il sait certaines choses. Mais il n'avait pas envie de donner des informations, la veille au soir. Et ce qu'il sait, c'est Marie qui le lui a transmis.

– 48 –

Il était allé demander à Marie si elle avait des nouvelles de son frère. C'était trois ans après le départ du futur mari d'Armelle. Et de fil en aiguille, ils en étaient arrivés à parler de Théophile.

— Vous savez, Gustave, je crois qu'Armelle n'attendra pas le retour de Théophile. Elle a tout fait pour s'accrocher à son idée de mariage. Mais le temps s'écoule. La solitude lui pèse. Elle a peur de l'avenir. Elle ne sait pas dans quel état va revenir Théophile. Sur ses deux jambes, avec le même visage, et pas celui que l'on veut éviter de contempler tellement il vous effraie et vous dégoûte ? Elle a déjà 30 ans, elle sait qu'elle ne fait pas partie des femmes prêtes à sacrifier leur bien-être pour servir la patrie. Elle n'a pas voulu qu'on jase, surtout dans un petit village comme le nôtre, qu'on lui renvoie en permanence une image de honte au visage. Cela peinerait ses parents. Alors elle a pris les devants. Elle a fui. Elle est partie rejoindre un homme plus âgé. Elle l'a rencontré alors qu'elle vendait des fruits sur un marché. Elle l'a revu plusieurs fois depuis. Il n'est pas parti sur le front en raison d'insuffisance respiratoire. Ils se sont mariés à la sauvette. Elle l'a suivi dans son village après avoir laissé une lettre à ses parents. Le père la maudit à présent, lui qui portait sa fille aux nues. Depuis, la mère pleure. Armelle abandonne une terre qui, associée à celle de Théophile, leur aurait permis d'être à la tête d'une grosse exploitation.

— Eh bien, Marie ! Tu me sembles bien informée.

— Elle m'a dit que j'étais la seule à laquelle elle osait parler et confier sa décision, sans risquer de me choquer.

Gustave Fauvier devine aisément pourquoi. Elle était au courant de l'histoire d'amour entre Marie et son employé agricole, Gunther. Si Marie était capable d'agir contrairement aux valeurs morales du moment, alors elle pouvait comprendre Armelle.

Deux femmes en rupture avec la bienséance, prêtes à battre en brèche la conduite attendue de leur part.

Armelle était loin de deviner que sa liberté serait de courte durée, puisque, comme Louise à l'automne, elle devait mourir de la grippe au printemps 1919.

– 49 –

Théophile est occupé à semer ses graines comme il le faisait avant de partir sur le front. La sensation de son grand sac en toile porté en bandoulière, celle de la terre sous ses pieds, des semences dans sa main, lui procurent un bonheur qu'il pensait ne plus jamais éprouver. Lorsqu'il répand ses graines, lorsqu'il laboure en traçant des sillons réguliers, casse des mottes de terre, il sent une ferveur l'envahir. Louise est dans son esprit, il travaille pour elle. Cette terre est aussi la sienne. Il veut honorer sa sœur par son labeur, les récoltes qu'il en tirera. Il a la ferme intention de faire fructifier son exploitation. Il avance, tel le personnage de Jean, dans l'univers dépeint par Zola.

Ce matin-là, Théophile a un semoir de toile bleue noué sur le ventre. Très régulièrement, il y prend une poignée de blé qu'il jette à la volée. *Ses gros souliers trouent et emportent la terre grasse, dans le balancement cadencé de son corps.*[25]

Il a des projets : après la faucheuse mécanique tirée par une paire de bœufs, il est sur le point d'acquérir une moissonneuse-lieuse, qui livrera les gerbes prêtes à être chargées sur la charrette. Il sait que la motorisation de l'agriculture a commencé, avec l'utilisation des véhicules à chenilles capables de passer dans les vignes. Des constructeurs automobiles s'intéressent au matériel agricole. Théophile est convaincu des atouts d'un tel véhicule. Dès qu'il le pourra, il équipera sa ferme d'un tracteur.

Il lui arrive de prendre un morceau de terre, de le soupeser, d'en respirer l'odeur, puis de l'émietter pour la laisser filer entre ses doigts en s'écriant :

— Regarde, Louise ! Elle est si belle ! Je poursuis ton travail !

Des larmes coulent parfois sur ses joues.

---

[25] *La Terre,* Émile Zola.

Il pleure en unissant la mort de sa sœur à celle de tous les soldats paysans qui, au lieu de continuer à cultiver leur terre, sont allés verser leur sang sur des sols qu'ils ne connaissaient pas. Il a, de temps à autre, l'impression d'entendre le bruit des canonnades, des mitrailleuses. Pourtant, il n'a enduré cela que dix-huit mois, puisque son groupe est tombé dans une embuscade. Mais cela lui a amplement suffi.

Des jours passés à avancer, courir, s'arrêter, se cacher, guetter, le doigt crispé sur le fusil…

Il chasse alors ses noires pensées en songeant au devenir de Léonie, qui grandit vite et semble très affirmée. Il sent qu'elle a le caractère bien trempé et ne tient pas à se heurter à elle à mesure qu'elle prend de l'âge. Elle conteste souvent certaines décisions, a choisi de couper elle-même sa longue natte, quitte à provoquer la colère de sa grand-mère, et la stupéfaction de son oncle.

— Mais qu'est-ce qui t'a pris, Léonie, de saccager ainsi ta chevelure ? Tu ne ressembles plus à rien !

— J'en avais envie, grand-mère. Je me trouvais trop classique.

— C'est vraiment une réussite ! Tu as parfois des idées saugrenues ! Quand je pense à ta belle coiffure d'antan !

Théophile a un jour évoqué le tempérament de sa nièce.

— Je m'attends à tout avec Léonie. Je comprends à rebours pourquoi elle s'entendait si bien avec son âne. Je pense que Louise aurait eu du fil à retordre avec elle.

Il a aussi le souci du père Fauvier, plutôt mal en point depuis quelques mois. Comme s'il avait guetté le retour de Théophile pour baisser la garde. Il mange de moins en moins et s'affaiblit de jour en jour. Théophile, très attaché à cette figure paternelle, ne peut envisager le moment où il disparaîtra de sa vie.

Ce moment n'est pourtant plus loin.

– 50 –

Gustave Fauvier est parti aussi discrètement qu'il avait toujours vécu, sans témoins. Théophile est, comme à son habitude, venu lui rendre visite dans sa chambre. Il a ouvert les volets, ce qui a permis à la lumière automnale de pénétrer dans la pièce. Une luminosité douce, car encore saupoudrée de résidus nuageux. Mais la journée s'annonce belle.

— Voulez-vous votre petit déjeuner maintenant, Gustave ?

Le père Fauvier avait demandé à Théophile de l'appeler dorénavant par son prénom.

— Non ! Je crois que je vais attendre un peu.

— Alors je vais vous le poser sur la table de nuit. Mais ne tardez pas, ou votre lait risque de refroidir.

— Ne t'inquiète pas, Théophile. Pourrais-tu seulement ouvrir la fenêtre ?

— Mais j'ai peur que l'air soit trop frais pour vous ! Vous pourriez attraper du mal.

— Fais-le pour moi, mon garçon. Je suis bien couvert. Et je vais me lever dans un moment.

— Comme vous voulez. Il faut que je vous laisse, je dois vérifier l'état des clôtures après les bourrasques de vent d'hier. Quand on voit le temps d'aujourd'hui, on ne peut pas croire que tout allait s'envoler il y a encore peu. Vous avez dû entendre la tourmente de cette nuit ! Les rafales associées à la pluie, ça fait des dégâts ! Il y a pas mal de tuiles tombées et cassées. Sans vous parler des infiltrations d'eau un peu partout ! Mais ce n'est pas à vous que je vais apprendre tout ça !

Gustave a vaguement deviné la tempête de la nuit, mais il était assommé par les médicaments prescrits par le médecin. Cela fait un mois qu'il se sent très fatigué et traîne une toux rauque.

Théophile est allé lui remonter les couvertures jusqu'au menton. Gustave a retenu sa main droite dans la sienne.

— Merci, fils.

Une fois la fenêtre ouverte, Théophile lui a fait un petit signe de l'entrée.

— À plus tard !

Gustave l'a entendu ouvrir la porte du bas, la refermer doucement derrière lui. Il a perçu le bruit de ses pas sur les cailloux répandus çà et là dans la cour de ferme. D'où il est, il peut apercevoir les champs qui s'étendent à perte de vue. Et le cimetière où l'attend celle qu'il a souhaité mille fois rejoindre. Il devine des aboiements de chien, le pépiement de quelques oiseaux. Il est soudain saisi d'une quinte de toux qui semble ne pas vouloir s'interrompre. Il étouffe, rejette les couvertures pour se diriger jusqu'à la fenêtre. L'air lui fera du bien. Il avance à petits pas en faisant glisser lentement ses pieds nus. Il tousse, tousse encore, ne s'arrête pas de tousser… Pour laisser place au silence.

Théophile découvre Gustave Fauvier recroquevillé sous la fenêtre au moment de sa pause de midi. Le visage apaisé, comme si un sourire s'était esquissé au dernier moment.

Le père Fauvier a quitté le seul endroit qu'il a jamais connu.

Son enterrement se déroule trois jours après son décès. Le ciel a pris la couleur de la cendre que l'on ramasse le lendemain d'une flambée.

⁂

Théophile a respecté le dernier souhait de Gustave : qu'on lui glisse entre les mains la photo de son épouse ainsi que celle de leur mariage. Il avait dit à Théophile espérer que cela lui permettrait de rejoindre sa femme plus vite. Il avait délaissé sa foi au moment de la mort d'Émilie. Mais il n'avait pu s'empêcher de se raccrocher à l'idée qu'ils se retrouveraient d'une façon ou d'une autre.

— L'amour que nous éprouvions l'un pour l'autre ne peut pas être réduit à néant, n'est-ce pas Théophile ? Cela n'aurait aucun sens ! Il doit en rester quelque chose.

Théophile n'avait su quoi répondre. Le père Fauvier se cramponnait à cette idée depuis toujours. C'est ce qui lui avait permis de continuer à vivre.

— Vous avez sans doute raison.

Il ne voulait pas lui dire que, pour lui, tout se terminait une fois mort. Qu'il ne fallait rien attendre d'autre que le néant. Un néant qu'il avait côtoyé en 1914.

Il ne voulait pas faire de mal à Gustave Fauvier. Il aurait tout donné pour que son souhait de retrouvailles se réalise. Mais les scènes de barbarie auxquelles il avait assisté avaient tué en lui tout espoir, toute foi en l'être humain. Il était revenu d'entre les morts en se disant qu'il ne devait faire qu'une chose : vivre dignement, essayer de faire le bien autour de lui, pour qu'à la fin de son existence, il n'ait pas honte de ce qu'il avait accompli. Puis retourner à sa terre.

– 51 –

L'asile d'aliénés a fait parvenir une lettre à Théophile pour l'informer du décès de sa mère d'une diarrhée pellagreuse. Il s'est renseigné sur les symptômes de la maladie. Elle a bien sûr souffert de diarrhées, mais aussi de vomissements, d'aphtes, de démangeaisons, de troubles nerveux ayant accentué sa confusion, sa dépression et sa démence. Tout cela sans doute dû à des carences alimentaires. Elle ne s'est pas trouvée dans les tranchées, mais la guerre a sévi dans son établissement avec l'arrivée en masse de soldats. Les pensionnaires de l'asile ont dû partager avec eux la nourriture déjà rationnée. Théophile en a déduit que la malnutrition était vraisemblablement la cause de sa mort.

Il demande le rapatriement de sa dépouille au cimetière du village, pour qu'elle y repose aux côtés de son mari Ernest et de sa fille, dont elle a ignoré le décès. Un lourd sentiment de culpabilité lui pèse sur les épaules. « J'ai abandonné ma mère, je ne suis jamais allé lui rendre visite ! C'est comme si elle n'avait jamais eu de fils ! ».

Il n'y a pas de cérémonie spéciale. Il prend tout en main sans l'ébruiter.

***

Léopold a laissé Théophile s'occuper de l'éducation de Léonie, prendre toutes les décisions qui s'imposent au sujet de sa fille. Il a quitté la ferme, a déjà déménagé deux fois. On a des nouvelles de lui, de loin en loin. Il est revenu pour l'enterrement de ses parents, envoie un cadeau à Léonie pour son anniversaire ou Noël. Certains villageois disent l'avoir aperçu au café en compagnie d'une jolie dame.

Léonie révèle très tôt des capacités scolaires qui pourraient lui permettre de devenir institutrice. Elle est maintenant une belle jeune fille, héritière des terres de sa mère Louise.

Mais elle claironne sur tous les tons qu'elle ne sera jamais enseignante, car elle n'en aurait pas la patience, et qu'elle ne sera jamais femme d'agriculteur. Elle veut passer des concours de la fonction publique et partir vivre à la ville. Oui ! La ville !

Théophile est trop attaché aux terres familiales pour accepter qu'elle les cède à un inconnu. Il ne peut pas veiller sur sa nièce comme il le souhaiterait, la surveiller et en même temps s'occuper de l'exploitation. D'autant plus qu'il a épousé Aimée, une villageoise, maintenant enceinte de leur premier enfant.

Un mariage qui les a vus unis dans la même église que pour sa mère et sa sœur. La Grande Guerre est terminée depuis six ans. Les mariés et leurs invités ont posé devant le même café que pour les mariages précédents. Il y a eu une fête, mais joie et mélancolie s'y sont trouvées étroitement mêlées.

Théophile a décidé de placer sa nièce en pension, où les activités scolaires sont assurées. Il s'agit d'un établissement pour jeunes filles. Léonie s'y sent très malheureuse.

— Pour moi, ce n'est rien de moins qu'une prison !

Il y a un judas sur le lourd et épais portail en bois, ainsi que de hauts murs gris. La bâtisse est dirigée par une mère supérieure, dont le seul mot d'ordre est celui de discipline. Léonie doit entière obéissance aux nonnes qui encadrent les salles de classe, le réfectoire, le dortoir. La sœur à laquelle elle doit se référer est sa maîtresse d'internat. Les cours sont dispensés par des professeurs détachés au pensionnat. Elle parvient à gagner un peu de compréhension et de tendresse auprès de certains d'entre eux, notamment son enseignante de travaux ménagers. Elle en veut à son oncle de l'avoir placée là, elle ne saisira la situation que plus tard. Elle revient régulièrement pour les congés.

Les années défilent ainsi.

Elle a réussi son certificat d'études et s'apprête à préparer le brevet élémentaire. Qu'elle obtient trois ans après. Mais elle refuse de poursuivre l'instruction pendant encore deux ans afin de passer le brevet supérieur. Et, encouragée par son père Léopold, qu'elle a eu l'occasion de revoir et qui intervient peut-être pour la seule et unique fois dans son éducation de jeune fille, elle est fermement décidée à vendre ses terres. Se débarrasser de ce qui l'empêcherait de profiter de la vie. De ce qui a été une source de malheur familial.

Elle se revoit en septembre 1918, assise sur les genoux de sa mère. Cette dernière tient une vieille photo sur laquelle on aperçoit une femme vêtue de noir et deux jeunes personnes debout à ses côtés.

— C'est qui, cette dame ?

— Ta grand-mère. Ma maman. Elle s'appelle Honorine. C'est d'ailleurs l'un de tes prénoms. Et je suis à côté d'elle, en compagnie de ton oncle. C'est la dernière photo prise avec elle. Notre papa venait de nous quitter, il était allé se reposer. Elle va bientôt se remarier et tout va changer à partir de ce moment-là.

— Pourquoi ? Et comment se fait-il que je ne l'aie jamais vue ? Elle se repose, elle aussi, comme le père de Lucie ?

Louise se dit qu'il va lui être difficile d'expliquer à une petite fille de bientôt 5 ans que sa grand-mère maternelle est enfermée dans un asile parce qu'elle a perdu la tête.

— Non, elle a été obligée de partir parce qu'elle était malade.

L'explication a dû suffire à Léonie. Elle a quitté la pièce pour jouer en se contentant d'ajouter :

— J'aurais bien aimé la rencontrer.

Louise avait décidé de garder la suite des explications pour une autre fois. Mais sa mort prématurée ne le lui a pas permis.

Des années plus tard, c'est vers Théophile que Léonie se tourne pour avoir la suite de l'histoire.

— Maman m'a, un jour, montré une photo sur laquelle il y avait trois personnes : maman et toi, ainsi qu'une dame habillée en noir. Elle m'a dit que c'était votre mère, mais qu'elle était partie parce qu'elle était malade. Malade de quoi ? Et on ne m'a jamais parlé de mon grand-père. J'avais bien un grand-père maternel ? Est-ce que ça ne serait pas le nom que j'ai eu l'occasion de lire sur la tombe familiale ? Celui d'Ernest ?

Théophile se dit que c'est peut-être le moment de lui révéler ce qui s'était autrefois passé.

— Ta grand-mère, dont le mari se prénommait effectivement Ernest, est devenue veuve très tôt. Elle a eu la malchance de s'amouracher d'un ouvrier agricole uniquement intéressé par ses terres. Il s'appelait Gervais. Il est devenu notre beau-père. Il a réussi à se débarrasser de tous les membres de la famille, en nous expulsant, moi et ta mère Louise, de chez nous, et en envoyant ta grand-mère en asile d'aliénés.

— Mais comment a-t-il pu la faire interner aussi facilement ?

— Elle était sans doute fragile d'esprit, et il y a eu la mort effroyable de ton grand-père maternel lors du dressage d'un cheval dans l'écurie. Mais ce que Gervais nous a fait l'a rendue encore plus vulnérable. Ce salopard en a profité pour l'éloigner définitivement, grâce à la complaisance d'un médecin qui a ordonné son internement. J'ai alors accepté de travailler pour Gervais sur des terres que j'avais bien l'intention de récupérer un jour. Fort heureusement, cet escroc est mort accidentellement plus tôt que prévu, et il y a eu la transmission de l'exploitation à ses propriétaires légitimes, Louise et moi. Tu vas donc hériter de ce qui appartient à ta mère. J'ai réservé pour elle ce qui provient des grands-parents maternels, je conserve pour moi les terres qui ont été léguées par mon père Ernest. Je me suis efforcé de faire une répartition équitable. Tout est en règle chez le notaire.

— Mais je ne veux pas m'établir ici, mon oncle. Non ! Il n'est pas question que je perpétue la tradition ! Je veux partir. Ces terres sont synonymes de mort pour moi. Elles n'ont apporté que du malheur, de la tristesse. Il n'est pas question que j'y passe le reste de mon existence. J'aspire à une vie différente. J'en ai parlé à mon père. Il a voulu me rencontrer pour me présenter sa future épouse. Il est d'accord avec moi. Il m'encourage à vendre en temps voulu ce que je possède ici.

Léonie a eu l'occasion de revoir son père au bourg. Il était en compagnie de la future belle-mère de la jeune fille. Léopold a en effet l'intention de se remarier. La femme qu'il a présentée à Léonie n'a semblé, aux yeux de cette dernière, ni belle, ni laide. De toute façon, Léonie a décidé qu'elle ne pouvait pas être aussi belle que sa mère, dont le souvenir reste vif grâce aux quelques photos qu'elle a encore à sa disposition.

Mais elle n'est pas laide, il faut le reconnaître. Il y a, au fond de Léonie, beaucoup de rancœur vis-à-vis de son père. Il l'a négligée, abandonnée, pour refaire sa vie. Sa future femme est grande, brune. Son visage, encadré par une chevelure frisée, affiche un nez busqué, des yeux marron, des lèvres pleines. *Mais rien à voir avec les jolis traits de maman !*

— Il m'a conseillé de ne pas hésiter. Je vends l'ensemble si j'en ai envie.

Théophile est interloqué. Il n'avait pas imaginé les choses de cette manière. La guerre a décidément tout bouleversé.

Il sait que de plus en plus de paysans se sont lancés dans l'achat de terres depuis la fin du conflit. Les transactions foncières ont repris. Beaucoup de propriétaires sont morts sur le front, leurs exploitations sont donc disponibles. L'exode rural avait été amorcé avant la guerre. La fin de celle-ci a fait redémarrer le processus de dépeuplement des villages.

Cette idée est insupportable à Théophile.

— Mais j'ai eu trop de mal à récupérer les terres accaparées par l'homme que ma mère avait épousé ! Ce serait comme renier mes ancêtres et leur dur labeur. Me renier moi-même, m'amputer de ce qui m'a aidé à vivre pendant toutes mes années de captivité.

Il ne réfléchit pas. Il lance son offre sans envisager une seconde ce que cela va entraîner. C'est comme un cri de survie.

— Alors je me propose de tout racheter dès ta majorité. Il est impossible que la propriété tombe entre les mains d'un inconnu.

Ce n'est pas le fait de posséder qui le guide. Avoir pour avoir ne l'intéresse pas. Il faut faire fructifier ce que l'on possède. Il n'a pas le comportement de beaucoup de paysans, pour qui c'est un déchirement que de devoir se séparer de leurs terres, accumulées avec le temps, après des années de privations et d'épargne.

Théophile a conscience de n'être que de passage. Mais il aime ses champs et le travail bien fait. Il veut montrer à la terre le respect qu'il a pour elle, et lui prouver qu'il lui sait gré du bonheur et des bienfaits qu'elle lui procure.

Le père Fauvier lui a légué tous ses biens : un petit lopin situé à proximité de l'un de ses champs, une maison et ses trois bâtiments annexes, à savoir une grange, une étable dans laquelle il n'y a plus de vaches depuis de fort nombreuses années, et une porcherie, vide également. Théophile s'occupait uniquement d'entretenir le champ et le potager de Gustave Fauvier. Ajouté à l'exploitation de sa sœur et à la sienne, cela devrait lui donner amplement de quoi vivre. Il sait que la besogne ne va pas manquer, mais les efforts ne l'ont jamais rebuté.

Il en connaît certains, parmi les fermiers du coin, qui seraient prêts à s'étriper pour obtenir ce qui appartient à Léonie. Mais alors, c'est qu'ils n'ont pas participé au conflit, ou qu'ils n'ont rien appris. La guerre fait porter un regard différent sur l'existence. De toute façon, il ne leur laissera pas l'occasion de se disputer âprement au sujet de ce qui est à vendre. Un acquéreur est déjà tout trouvé.

Léonie prend soudainement conscience de l'importance que prennent les champs et les fermes qui les entourent aux yeux de son oncle.

— Toutes mes terres seront les tiennes, mon oncle. Elles seront dans de bonnes mains. Bien meilleures que les miennes.

Pourtant l'endroit l'a vue naître, elle aussi. Mais pour elle, ce n'est qu'un lieu comme un autre. Alors que, pour lui, c'est toute son identité. Il peut sentir la glaise couler dans ses veines, son cœur battre au rythme des cultures et des saisons.

Théophile va devenir, ainsi poussé par les circonstances, par le caractère rebelle et déterminé de sa nièce, l'unique propriétaire d'une grande exploitation, dont les parcelles familiales sont parties constituantes. Un juste retour aux sources.

⁂

Il va affronter la décision de sa nièce, et surtout la plus grande vague de froid que la France ait connue depuis 1879. L'hiver 1929 va marquer les esprits pour de longues années.

... Les trois quarts des régions sont alors recouverts de neige, ce qui a pour effet de protéger les blés des plaines du Nord-est et du Centre ; les récoltes de l'été suivant seront excellentes. À la campagne, l'eau courante n'étant généralement pas encore installée, il faut aller chercher l'eau à la fontaine,

*mais la plupart ne fonctionnent plus. L'eau de source se prend alors en glace dès qu'elle quitte son chemin souterrain, et dans bien des fermes, il faut faire fondre la glace pour la soupe familiale et pour abreuver le bétail. Comme lors des précédentes vagues de froid, on enregistre un grand nombre d'accidents par congestion, et la mortalité est importante (plusieurs milliers de personnes). On trouve même de malheureuses femmes mortes de froid dans leur lit (*La Nature, *mars 1929). Les animaux domestiques sont également touchés. Des coqs ont la crête gelée alors que pour les poulets, il s'agit des pattes. Des chats et des chiens succombent au froid. Les bêtes sauvages ne sont elles-mêmes pas épargnées et un nombre incalculable d'oiseaux de proie et de passereaux meurent de faim. Quelques-uns viennent jusque dans les fermes, dans les villages, où l'on peut les prendre à la main sans qu'ils cherchent à fuir. D'autres sont ramassés entièrement congelés dans les champs…*[26]

Théophile l'affrontera, car rien ne l'effraie à présent qu'il est chez lui.

Il n'y a pas d'autre foyer pour lui que ce village entouré de ses champs, ses prés, ses vallonnements qui se perdent à l'infini et prennent les couleurs des saisons. L'obliger à partir d'ici à jamais, ce serait le priver de son oxygène. Il n'a pas échappé à la mort des tranchées pour s'éteindre de cette manière.

Il n'appréhende ni la rudesse d'un hiver ni la sécheresse d'un été. Rien ne le dérange, même s'il lui arrive parfois de pester contre l'eau du puits gelée, ou les plantes grillées par le soleil.

Il attend le prochain été. Avec la même ferveur que celle de ses ancêtres, celle, sans doute, de son père, Ernest, qui avait ressenti la fièvre de la moisson. Cette fièvre qui vous fait trembler de tout votre être à la simple pensée des récoltes à venir. Théophile vibrait, exultait à l'approche de cette saison.

La terre fait battre son cœur et la vision des épis mûrs fait des moissons des moments de passion.

---

[26] *Les chroniques météo,* Guillaume Séchet.

– 52 –

« La vraie vie se déroule en ville. J'en suis convaincue. C'est l'endroit où il faut être pour rencontrer du monde ! »

Non ! Léonie ne veut pas stagner dans l'univers étriqué de la paysannerie. Elle ne se voit vraiment pas occupée à traire, baratter son beurre, ramasser ses œufs, élever des lapins qu'elle ira vendre sur le marché.

— Il faut que je parte, le plus tôt sera le mieux.

Elle a maintenant 16 ans. En paraît physiquement 18. Le fils Belfour n'est plus un adolescent. Elle sent qu'il lui tourne autour. « Ce n'est pas possible ! Pas question que je devienne sa promise pour agrandir l'exploitation de sa famille à lui ! ».

Elle sera alors sûre de l'accompagner aux foires agricoles, où ils échangeront du bétail, achèteront un nouveau porc, des poussins… Ce serait pour elle des travaux forcés, se renier. Mais comment dire à Georges Belfour que l'épouser serait comme aller au bagne ? Elle ne veut pas le blesser.

Elle va partir.

Les études qu'elle vient de mener, en plus de ce qu'elle a observé pendant la guerre, les événements familiaux endurés et les conversations qu'elle a eu l'occasion d'entendre autour d'elle l'ont fait grandir et renforcent sa décision.

Elle a trouvé un emploi à mi-temps chez un pharmacien de la ville, ce qui lui permettra de gagner quelques sous, tout en essayant de tenter sa chance dans la fonction publique.

Elle est pleine d'enthousiasme et vit encore dans l'ignorance de la crise économique qui va sévir en France, quoique plus tardivement que dans le reste de l'Europe.

L'ironie du sort veut que ce soit Théophile qui lui ait mis entre les mains les outils de son émancipation : elle a été envoyée en pension et elle a reçu l'instruction qui lui a donné envie de passer des concours. Ceci, ajouté à son caractère rebelle et volontaire, à ses fréquentations et aux mutations inévitables de la société d'après-guerre… tout est rassemblé pour qu'elle se sente pousser des ailes. Des ailes qui avaient depuis longtemps émergé sur le dos d'Armelle, l'ancienne fiancée de son oncle.

Léonie est gagnée par les propos entendus çà et là.

— Est-ce que tu réalises, mon oncle, qu'à la sortie de la guerre, les femmes ont été renvoyées, la plupart du temps, là où elles étaient avant ? Dans les campagnes, les hommes qui avaient survécu ont voulu reprendre la place qui était la leur aux champs, à la tête de leur exploitation. Alors que leurs épouses avaient prouvé qu'elles étaient compétentes, en prenant en main le fonctionnement des fermes et en assurant la vie du foyer. Tu trouves ça juste ?

Annabelle, amie citadine de Léonie, est âgée de 18 ans. Elle lui a rapporté les mots de sa propre mère.

— Sais-tu que le gouvernement a incité celles qui avaient fait tourner les usines à retourner à leurs activités antérieures, allant jusqu'à proposer un mois de salaire aux ouvrières des usines d'armement si elles quittaient leur travail avant une certaine date ? Heureusement que certaines d'entre elles ont pris conscience qu'en dépit de leur travail éreintant, elles pouvaient être indépendantes. Elles ont prouvé qu'elles étaient capables de prendre des décisions ! Maman m'a aussi dit que les femmes ont été encouragées à mettre des enfants au monde pour repeupler le pays ! Que certains membres du gouvernement voient en la mère de famille au foyer la travailleuse la plus méritante qui soit ! Ils l'opposent à celle qui est mariée et n'a pas d'enfant. En exerçant un métier, elle mettrait les hommes au chômage ! Tu entends ça ? Quel scandale ! Que des balivernes !

Une opinion que Léonie partage. Par sa conduite, elle est tout simplement un exemple de l'évolution de la ruralité dans les années qui suivront la guerre de 1914-1918. Elle va montrer la façon dont les femmes veulent jouer un rôle autrement que derrière le fourneau de leur cuisine.

— Il n'est pas question que je participe à la vie publique uniquement parce que j'appartiens à une association religieuse ou laïque ! Je ne veux pas qu'on ne me voie que lors des cérémonies organisées en mémoire des anciens combattants, surtout pour m'occuper des banquets ! Ah ça, non ! déclare-t-elle de façon péremptoire à son oncle.

Léonie soutient ces femmes, qui, à partir de 1919, ne ressemblent plus à celles que les hommes ont laissées pendant quatre ans de conflit. Notamment celles des villes, qui veulent se libérer des conventions.

— J'ai l'âge suffisant, mon oncle, pour suivre l'exemple de toutes celles qui ont choisi de s'émanciper !

Elle décide d'adopter la nouvelle mode vestimentaire et capillaire. Elle va se débarrasser de son corset, raccourcir ses robes et couper ses cheveux au carré, pour ne pas porter le chignon comme sa tante Aimée continue de le faire.

— Je veux la même liberté que les citadines ! Les femmes des campagnes semblent figées dans les façons de vivre d'avant-guerre !

Elle a la ferme intention de jeter tout cela aux orties. Faire du passé table rase.

— Tu as tort, Léonie. Et tu t'en mordras les doigts !

Mais Théophile ne désire pas se heurter au tempérament de sa nièce en allant contre sa volonté.

***

Son épouse, Aimée, a mis au monde son troisième enfant. Il est maintenant père de deux garçons et d'une petite fille qui vient de montrer le bout de son nez.

Aimée remplit son rôle comme le faisaient les femmes d'autrefois.

— Elle a de drôles d'idées, ta nièce. Elle veut envoyer balader tout ce qui a été son univers enfantin. Elle va déchanter, crois-moi !

— Léonie est faite de telle façon qu'elle rue dans les brancards dès qu'on se met en travers de son chemin. Elle a passé un concours pour travailler dans les services administratifs. Elle en attend les résultats. Il faut la laisser faire, Aimée.

— Est-ce qu'elle ne risque pas de le regretter un jour ?

— C'est elle qui l'aura décidé.

Attirée par les lumières de la ville, Léonie rompt ainsi avec la tradition familiale.

– 53 –

La métamorphose de la jeune fille est complète le jour où elle arrive à la ferme de son oncle, coiffée d'un chapeau cloche sur sa coupe à la Louise Brooks[27], au bras d'un employé de l'administration rencontré lors de résultats de concours. Ils se fréquentent et Léonie a accepté la demande en mariage du jeune homme.

Ils invitent les cousins de la campagne pour leurs noces célébrées à la ville. Des cousins qui viennent en nombre. Léonie est heureuse et se laisse porter par le vent de liberté qui semble souffler depuis quelques années sur l'univers féminin.

Elle ne changerait de vie pour rien au monde. Installée dans la ville principale de la région, elle savoure cette indépendance nouvellement acquise. Elle revoit son père de loin en loin, toujours aux côtés de sa seconde épouse.

Lui-même a quitté le village. Il y a enterré ses parents, vendu leur atelier et leur maison pour résider au centre du bourg. Il est appelé à revenir souvent pour entretenir les tombes. Ce qu'il fait sans renâcler : il le doit à ses parents, qui ont constamment su lui venir en aide. Sa mère l'a sans doute mal aimé en le chérissant trop, mais l'âge lui a appris à pardonner. Il a conscience de ses manques, vis-à-vis de sa fille, et de sa première épouse, Louise, qu'il n'a pas su aimer convenablement lorsqu'elle était encore en vie. Il est content que Léonie, âgée de 20 ans, ait choisi le deuxième prénom de Louise pour sa fille, née en 1933.

C'est ainsi qu'une petite Eugénie voit le jour cette année-là. Elle ne sait pas qu'elle émerge dans un monde qui va devenir de plus en plus chaotique, et que tous vont devoir affronter pendant plusieurs années.

---

27 Actrice américaine connue pour ses rôles dans les films muets des années vingt.

***

Léonie ne regrette pas du tout le monde rural de son enfance, ne souhaite plus y vivre, mais elle ne peut pourtant pas s'empêcher d'emmener sa fille régulièrement au village qu'elle a quitté sans un regard en arrière.

Elle y retourne le week-end pour rendre visite à ceux de sa famille restés dans l'agriculture. Ce n'est que bien plus tard, à la fin de sa vie, qu'elle fait allusion à ses racines auprès de ses cousines vieillissantes.

— Je n'ai pas le regret d'être partie à la ville, mais, si j'avais eu plus de jugeote à l'époque, et si j'avais été mieux conseillée par mon père, j'aurais pris le chemin de la cité tout en gardant mon bien. J'aurais ainsi conservé un lien avec ma mère, Louise, que j'ai connue si peu de temps.

En attendant, Léonie fait découvrir la campagne de son enfance à sa propre fille. Sa jeune Eugénie va s'y trouver si bien que ses parents la laissent souvent pendant les congés auprès de ceux qui ont vu Léonie grandir. Elle fait des séjours fréquents là-bas, jusqu'à son entrée à l'école du quartier parental. C'est de cette période qu'elle garde jusqu'à sa mort de si merveilleux souvenirs. Ils sont source de vague à l'âme, de nostalgie permanente.

— Tu ne peux pas savoir comme j'y ai été heureuse !

Eugénie passe son enfance à parcourir les mêmes endroits que sa propre mère, à se rendre à l'église pour prier et en fleurir l'autel, en compagnie de la cousine Florine, qui n'était pas encore paralytique ; au cimetière pour y lire les noms de ses ancêtres, notamment ceux de sa grand-mère Louise et de son arrière-grand-mère Honorine.

En repensant à tout ça, Mathilde a fini par comprendre pourquoi sa mère, Eugénie, avait toute sa vie vanté les valeurs rurales des temps anciens. Elle avait mal supporté le modernisme de sa mère, Léonie, dans sa façon de concevoir les rapports familiaux : acceptation de la séparation kilométrique du couple en cas de mutation, horaires tardifs nécessitant une responsabilisation précoce de la jeune Eugénie, devenue mère par procuration de sa petite sœur Laurette, née deux ans après elle.

Elle en avait voulu à sa mère pour ses absences, ses réunions syndicales, son mode de vie en général : beaucoup de place réservée aux amis, trop peu consacrée à la famille.

Eugénie en avait souffert. Ses cousins de la campagne lui avaient toujours donné l'impression de vivre plus sereinement. Elle avait sans doute beaucoup idéalisé le début du XXe siècle dans le monde rural, et les gens qui en avaient fait partie. Mais, parmi ces gens, il y avait sa grand-mère et son arrière-grand-mère, deux saintes femmes à ses yeux. On ne pouvait leur faire nul reproche, leur découvrir le moindre défaut. Elles étaient parées de toutes les vertus.

On lui avait raconté maintes histoires à leur sujet et elles étaient devenues des femmes auxquelles Eugénie aurait voulu ressembler. Elles avaient eu un destin tragique, injuste. Elle s'en était toujours trouvée triste pour elles. Elle aurait aimé être détentrice du pouvoir de réparer les torts que le sort leur avait causés. Elle avait ressenti leurs souffrances et passé son temps à commenter les photos couleur sépia sur lesquelles elles apparaissaient. Images d'une époque à jamais révolue dont elle n'était jamais parvenue à s'abstraire.

— D'ailleurs, je me prénomme Eugénie, le deuxième prénom de ma grand-mère !

Y penser déclenchait systématiquement des crises de mélancolie. Une tristesse sous-jacente dans laquelle Mathilde a toujours baigné.

Maintenant qu'elle est partie à des centaines de kilomètres du village familial, les promenades en compagnie de ses grands-parents, jusque dans la campagne natale de sa grand-mère Léonie, sont devenues plus rares.

Ne subsistent plus que les photos précieusement gardées par sa mère, Eugénie, reliques d'un temps qu'elle aurait aimé connaître en dépit de la guerre, source de rapports conflictuels entre elle et sa mère, Léonie.

Mathilde se dit que si elle était restée dans la région, la même nostalgie se serait peut-être emparée d'elle. Honorine, Louise, Gervais, Ernest étaient comme les fantômes d'une histoire macabre, venus hanter l'existence de leurs descendants. Quand sa mère s'est trouvée gagnée par la maladie de l'oubli, Mathilde s'est réfugiée dans l'écriture.

Perdu au milieu de ses mots,
Son esprit vagabonde
Et me laisse en chemin.
L'oubli est devenu son lot.
Elle erre dans un monde
Qui ignore le mien.
Obsession du passé,
Le présent disloqué.
Nous cherchons vainement
À la retenir.
Nous sommes impuissants,
Et la regardons fuir.
Il faut accepter
De voir s'évader,
Celle qui s'est perdue,
Et n'est plus ce qu'elle fut.[28]

Comment ne pas parler d'un autre refuge, celui de la nature qui lui a si souvent offert un havre de paix, et continue son œuvre pour atténuer ses moments difficiles. Son regard s'est maintes fois tourné vers les nuages, qu'elle aurait aimé rejoindre pour ne pas être témoin de l'interminable descente aux enfers de celle qui avait tenu une telle place dans sa vie.

Elle aurait voulu se lover dans les nuées. Et se laisser porter pour s'en aller très loin.

Oui ! Tout faire pour ne pas être happée par la tristesse.

[28] *Évocations*, recueil du même auteur, EHJ, 2017.

– 54 –

Mathilde a assisté, impuissante, au déclin inéluctable des capacités mentales et physiques de sa mère malade.

Elle se rend compte, à présent, que les vers de l'un de ses poèmes, écrits au moment de la maladie maternelle, pourraient illustrer la fin dernière de chacune des femmes rassemblées dans le même cimetière. Elle a choisi le titre *Elles attendaient.*

Chacune a attendu la sienne dans de grandes souffrances, physiques autant que morales.

Les regards étaient las,
Las de cette existence
Devenue soudain vaine.
Les cœurs étaient broyés,
Leurs âmes étaient éteintes.
Telles des suppliciés
N'attendant que l'étreinte
D'une fin sereine,
Elles voulaient se fondre
Dans l'abîme du temps,
Le néant bienfaiteur,
Pour se diluer
Dans l'éternel oubli,
Et faire que leurs peurs
S'évaporent à jamais.
Elles attendaient...

Quatre femmes se trouvent allongées presque côte à côte sous cette terre qui en a vu naître trois, et assisté à l'enfance et la jeunesse de la dernière. Quatre générations qui sont retournées à la terre de leurs ancêtres, après l'avoir quittée pour des raisons diverses : la démence pour l'une, une mort prématurée pour la deuxième, un choix de vie pour la troisième, une obligation maritale pour la dernière. Comme si cette terre pouilleuse, selon l'appellation d'autrefois, était restée ancrée en elles, et avait nourri leurs cœurs et leurs âmes au point de les relier à elle à jamais.

Une terre que les hommes arpentent, travaillent, convoitent, vendent, achètent, mais aussi, parfois, rejettent. Mais, quoi qu'ils fassent, ils y retournent toujours.

Léonie est à l'endroit qu'elle avait désiré oublier. Est-elle jamais vraiment parvenue à l'extirper de ses pensées ? Pourquoi a-t-elle tenu rigueur à son oncle Théophile de lui avoir acheté ses biens, comme s'il avait eu l'intention de la spolier ? Sans doute était-ce plus facile que d'admettre que cette vente avait été la plus grosse erreur de sa vie.

Mathilde est heureuse pour celle qui l'a mise au monde. Son souhait a été exaucé : reposer à l'endroit dont elle n'aurait jamais voulu s'éloigner, où elle aurait désiré être née.

Et la terre seule demeure l'immortelle, la mère dont nous sortons et où nous retournons.[29]

---

[29] *La Terre*, Émile Zola.

Personnages principaux

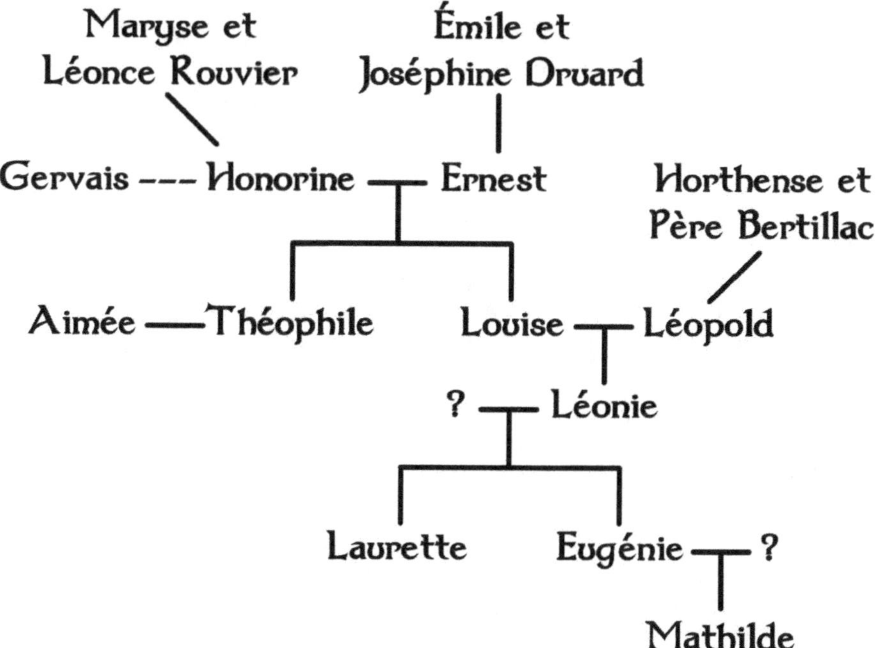

Remerciements

Cet ouvrage est une fiction, librement inspirée de deux événements familiaux. Tous les noms des personnages ont été modifiés et les vies, romancées.

Remerciements à Bernard Briais pour son ouvrage : *Les grands moments de la Vie Paysanne*, de Borée, Clermont-Ferrand, 2008, « La mémoire du temps ».

L'ouvrage d'A. Guérin du Grandlaunay[30] m'a été également d'une grande utilité pour décrire les conditions de vie des patients dans les asiles d'aliénés à la fin du XIXe siècle.

Je remercie bien sûr tous ceux qui ont transmis sur Internet des lettres témoignages de leurs aïeux, combattants de la Grande Guerre, ainsi que ceux qui ont élaboré des rubriques sur les conditions de vie des civils pendant cette même période.

Ce roman est dédié aux femmes de ma famille, mais aussi à tous ceux qui, à l'image de mes ancêtres, ont injustement payé un lourd tribut durant la guerre 1914-1918.

---

[30] *Asile départemental d'aliénés de Saint-Dizier, compte moral, administratif et médical pour l'année 1862,* rendu par M. A. Guérin du Granlaunay, Saint-Dizier, 1863.

À propos de l'auteur

Catherine Messy poursuit son cheminement dans le domaine de la peinture et de la sculpture, couplé dorénavant à celui de l'écriture.

Après *Bucoliques*, *Transfiguration*, *Évocations* et *Métissage*, ses quatre recueils de poèmes illustrés, et *Un autre ami*, son premier roman, elle publie *Terres pouilleuses* et *Terres belliqueuses*, deux nouvelles fictions, cette fois inspirées par l'histoire de sa propre famille.

Retrouvez ses créations artistiques sur le site Acrylique et Vieux Pastels (www.vieuxpastels.fr) et suivez son actualité sur sa page Facebook (www.facebook.com/cathem01).

À propos de l'auteur

Du même auteur

Bucoliques (recueil de poèmes illustrés – 2014)
Transfiguration (recueil de poèmes illustrés – 2015)
Évocations (recueil de poèmes illustrés – 2017)
Un autre ami (roman – 2018)
Terres belliqueuses (roman – 2020)

Retrouvez tous les titres et l'actualité des Éditions HJ :

Sur notre site Internet :
editionshj-store.com

Sur Facebook :
facebook.com/EditionsHJ

Sur Twitter :
twitter.com/EditionsHJ

www.ingramcontent.com/pod-product-compliance
Lightning Source LLC
LaVergne TN
LVHW012049160826
845678LV00014B/2762

* 9 7 8 2 3 7 0 1 1 6 7 2 7 *